U0907670

世界欠我一个你

Only Time

You,me and the world

小馆长 - 著

天津出版传媒集团
天津人民出版社

图书在版编目（CIP）数据

世界欠我一个你 / 小馆长著. --天津：天津人民出版社，2019.1（2019.11重印）

（抹香鲸）

ISBN 978-7-201-14362-0

Ⅰ.①世… Ⅱ.①小… Ⅲ.①故事—作品集—中国—当代 Ⅳ.①I247.8

中国版本图书馆CIP数据核字(2018)第299974号

世界欠我一个你
SHIJIE QIANWO YIGENI
小馆长 著

出　　版　天津人民出版社
出 版 人　刘　庆
地　　址　天津市和平区西康路 35 号康岳大厦
邮　　编　300051
邮购电话　（022）23332469
网　　址　http：//www.tjrmcbs.com
电子信箱　reader@tjrmcbs.com

责任编辑　谢仁林
特约编辑　师　擎　何欣燕
封面设计　熊琼　云中工作室

制版印刷　河北华商印刷有限公司
经　　销　新华书店
开　　本　880毫米 × 1230毫米　1/32
印　　张　8
字　　数　160千字
版次印次　2019 年 1 月第 1 版　2019 年 11 月第 2 次印刷
定　　价　39.80元

自序

世界那么大，遇见你们真好

世界很大，很高兴认识你们。

做公众号之前，我完全没有想过会有那么多人喜欢我、关注我。因为我真的很普通，样貌不出众，身材还有点儿肥胖，也没有什么才艺。

我是怎么开始写公众号的呢？开始的时候只是因为朋友问我要不要做公众号，我觉得有趣就顺口答应了。只是没想过，我竟然坚持了三年多，也没有想过会遇到那么多喜欢我的你们，到现在我都觉得像梦一样。

很多人其实有问过我为什么要写情感文章，其实刚刚开始的时候我并不知道要去写什么，只是碰巧朋友经常和我说她和她男朋友的事，刚好缺少素材的我，就记录起了身边人恋爱中的各种事情。看着她们从小心翼翼地喜欢一个人，到热恋，再到无话可说、不了了之的地步。我也见证着大学时的情侣刚毕业就去领结婚证……

2016年开始写公众号的时候，写的是朋友们的事情，后来越来越多的读者开始向我投稿，有的是记录他们的恋爱小确幸，有的是被分手后的诉说，但我也拥有了更多的素材，在这里也要感谢向我投稿的读者们。

或许因为所写故事真实动人，越来越多的人关注了我。后台也收到越来越多的留言，我都看过，但因为真的回复不过来，但我非常感谢你们一直都在。

我想把恋爱中所有的东西都给你们看，希望在你们往后的每一天里都会有我相伴，我会与你一同分享，一直成为那个听你们诉说分享的好朋友。

遇见懂你又能陪伴你的人真得很少，我们都是爱情里的彷徨者，有的人谈一次恋爱就能遇见最好的自己，而有的人无论谈多少次恋爱都会迷失自我，但最终依旧温柔纯良。

现在，那些被你们喜欢过，温暖过你们的故事被永久地记录下来了。

谈恋爱需要仪式感，写故事也同样。我的新书《世界欠我一个你》正式与你们见面了，你可以从这本书中找到关于你的故事，它会在每一个你觉得坚持不下去的时刻，给予你力量。

我相信，你们一定会喜欢的。

Hey！我是小馆长，真名叫许家洁，是一个爱写故事的人。

世界那么大，遇见你们真好！

CONTENTS / 目录

CHAPTER 1　世界欠我一个你

CHAPTER 2 谢谢你来到我的世界

CHAPTER 3 总要习惯一个人

CHAPTER 4 远方值得期待

CHAPTER 5 因为是你，所以晚一点没关系

CHAPTER 6　我与世界只差一个你

CHAPTER 1

世界欠我一个你

最想要的宠爱是你给的

张小娴曾说：对你最好的那个人，换句话说，也就是最好欺负的人。

记得之前看到一个女孩发的朋友圈动态：“这么冷的天把我关在门外，也就只有你做得出吧。”配图还有一个心碎的表情。我问她怎么了，现在进家了吗。她说还没，男友在玩游戏，要她再等一等。

有人问我：“最好的爱情究竟是怎样的？”我想过很多答案，但我还是觉得最好的爱情，应该是“我崇拜你像个英雄，你疼爱我像个孩子”。

我身边有人谈了场恋爱，每天都甜到不行。她跟我说：“我下辈子不要做人了，我要做个宠物，每天只要对我喜欢的人撒撒娇就可以了。”我很平静地说：“那恭喜啊。”

虽然我说得很平静，其实心底还是多多少少有点小羡慕的，因为被人宠爱，真的是件很开心的事。当你遇到那个他之后，你才知道，原来谈恋爱是件轻松美妙的事。

你脾气不好他迁就你，你想要的礼物总是很快就会收到，你每次不经意间掉的眼泪，都会成为他自责的原因，他愿意为你放下身段，像个孩子般和你谈恋爱。

我身边有挺多被男朋友宠上天的女生：有躺在沙发上睡成一摊“软泥”，还让男朋友喂零食的；有洗澡后，男朋友帮她把头发吹干的；有每天下班后，男朋友为让她缓解疲劳，主动给她按摩的……

与宠你的人相处的时候，你会感觉自己无时无刻不在被包容着，因为他宠你，所以你可以任意放肆。

很多时候，你刚开口说第一句话，他立马就能接上来；他会拼了命跟你找话题聊天，只为让你变得开心；他会夸你好看，说你讨人喜欢；他会忍不住偷偷地看你，然后不停地傻笑……他会陪你逛街、陪你看电影、陪你吃饭、陪你玩游戏……只要是你喜欢做的事情，他什么都愿意陪你去做。

他在意你的情绪，秒回你的消息，只因为他心里全部都是你，但最让你感到满意的是，他愿意给你未来，这大概是男生对一个女生最高级的宠爱。

一个男人假如认定了一个女生，那么往后，无数个三百六十五天里，他的那些拥抱、亲吻……所有的一切都只属于那个女生。

在未来漫长的人生之中，我希望大家都能遇到一个宠爱你的人，他温柔又有趣，可以让你放心把自己交给他，你只需要靠在他旁边睡得很香，而他则负责给你未来和安全感。

我想你了，但是我默默地没有告诉你

我想你了，但我没有告诉你，你可能知道，也可能不知道。早上醒来，还没洗脸刷牙的时候，我就翻出手机跟你说："早呀，你醒了啊。"中午好不容易忙完，闲下来一会的时候，我给你发消息："你吃饭了吗？"

到了晚上我也一直没睡，其实我不是真的习惯那么晚睡，只是没有跟你说话，我很难睡着。我希望在我找你之前，你先对我说晚安，但你没有，所以我也就没睡。

有时候我想你了，当我想起你的时候，我总是会心神不宁，无论眼睛看到了什么、耳朵听见了什么、嘴里尝着什么……总之，想的都是你。

这时候所有人我都不想理，我只想好好跟你说说话，告诉你我今天一天是怎么过的，好事、坏事我都想告诉你：上班路上突然下了雨，我的鞋子都湿透了；中午的外卖很难吃，我倒掉了；我第一次在娃娃机上抓到这么多个布玩偶；回家路上还有个可爱的老奶奶送了我花，我很开心，就像见到你时那么开心。总之，这就是我很简单的一天，我想全部告诉你的一天。

但是我没有，在微信对话框打了很长一段话都删了，歌单的列表早都循环了几遍，我还是不敢发出信息。有时候好不容易下定决心了，给你发了句“你在干什么？”但你一直没有理我。

你没回消息的一分钟里，我想你是不是嫌我烦了，我为什么说这么多话，早知道不发了。

你没回消息的第十分钟，我很难过，觉得自己被嫌弃了。为什么你还不搭理我，可能是话不投机半句多吧。

现在已经过去几个小时了，你还是没有回复我，我在想，你是不是出去玩了，所以没有看到我的信息，你是在听歌，还是看电影呢？还是说，你跟我一样，也在想方设法地找某个人聊天。想着想着我心里有些乱，不知道如何表达，我就发了一条朋友圈，内容是欢天喜地的。

其实没有别的原因，我只是想告诉你，你不回我信息，我也过得很开心的。如果你点赞或者评论了，那可能说明你还是在意我的吧。要是你忽略了这条朋友圈，那它也不会被别人看到，因为是仅你一人可见，你不知道吧。

很多时候我都无法控制我对你的喜欢，正如我无法控制自己去想你，我想知道你这一天都做了什么，遇见了些什么人，又想了些什么？一个人的情绪可以隐藏，一个人的喜怒哀乐也可以掩饰，可一个人对另一个人的思念，愈想掩盖，却是愈加强烈，所以说真的，我再也不想忍着了。我想跟你说好多好多的话，想跟你聊天到天亮，想跟你明天就见面。

我很羡慕你身边的那些人，他们可以每天若无其事地与你聊天，但很多次我都只敢偷偷地看你朋友圈，然后，给你发一句“你在干什么”。我真的很不喜欢这样的感觉，说不出口的委屈才叫委屈，小心翼翼打完又删的话才最戳心。

如果明天能见到你的话，我一定要对你说，一定要很高冷，却用很喜欢的口吻，对你说一句：我也没有很想你。但其实我想说的是非常、非常想你！

等你的消息最折磨人

以前你总是习惯熬夜，然后我也故意很晚都不睡，盯着时间12点后，我就会冒出来和你说话，装作是和你一样睡不着，那样子就可以和你聊天了，可是你都不知道我都快要困死了。

我会和你分享我喜欢听的歌，碰巧你也喜欢，其实是我知道了你的喜好让自己去喜欢的，然后才有了不经意的碰巧。无数次的碰巧背后，都是我对你的喜欢。我们每次聊的话题，都是我精心想过的，能让你感兴趣的话题。你不找我聊天的时候，我会点了又点我们的聊天框，把聊天记录翻来覆去地看了一遍又一遍。

后来你离开我了，我熬夜的习惯却怎么都改不掉。你给我发一个“嗯”，我还是会继续和你说话，可是我发一个“嗯”，你就没有然后了。

我总是为你的不回复找各种理由，你没玩手机，还是手机没网了？怎么一直没给我回复。我总是在你迟迟不回我信息后，提着心睡不安稳。手机要是有一点儿动静，我就迫不及待地去解锁查看。

在无数次解锁时欣喜的目光和查看完止不住地失望后，我总算明白了，原来等你回复信息简直是一种煎熬。其实我挺难过的，我对你这么好，你却总这样不冷不热的，可我毫无办法，谁叫一开始主动的人是我。

偶尔我也会想，当我终于消失在追逐你的长途里，某个夜里你的手机微微一震，你会不会恍然地以为，还是我给你的温柔最好。

一个人只有在很爱很爱你的时候才会患得患失，才会因为你的一句话想太多而变得疑神疑鬼，才会为了你让自己失眠，才会对你胡闹、生气得像个耍赖的小孩，才会对你和别人不一样。所以你领领情吧，你怎么不想想，如果不是因为爱你，我那么折腾自己是为了什么。

我知道，在乎我的人从来不愿意让我等太久；我给你发出的每一条消息，向你传递的每一份真诚和善意，对你来说其实都没有任何意义。

你还是会频繁地出现在我眼前，我每天无数次点开你的朋友圈查看你的近况。你会发朋友圈，可你就是迟迟不回我信息，即使有时你出乎意料地回复我了，也吝啬地只说一句敷衍的话，只是为了把我打发走。

我难过、煎熬，在深夜辗转反侧，可你却依然无动于衷。我突然间就觉得，就算我和你走过多少路，为你做过多少疯狂的事，给过你多少的感动，以后再想起来时，你还是会满不在乎，而还没说话眼眶就湿润的人，是我，不是你。

越谈越寂寞的恋爱是一种怎样的体验

谈恋爱不是办庆典，不是每天都要在空间发个状态显摆一下。真正牢固的爱情都很平淡、很低调，真正的爱不是累了就分手，是即使再累也想在一起，但必须是两个人一起努力，如果只是一个人在努力，那就错了。

见了一个认识很久，长得特别帅的男性朋友，我们两个人无话不谈，从过去到未来、从前任到现任，最后他和我讲起他上一段的感情。

他说他的前任长得特别好看，是他花了很长很长时间才追到的。本来刚开始在一起的时候，两个人的感情挺好的，那个女孩子也特别用心，对他嘘寒问暖，但也许是时间长了，现在两个人不知道怎么的感情就淡下来了。

起初吃饭、看电影、出去玩儿，两个人还会一起商量时间、地点，后来慢慢地，那个女孩子只是说一切由他来决定。

他说完以后，我沉默了很久，因为我也不知道该怎么去安慰他。兴许那些越谈越寂寞的恋爱就是这样的吧！好像世上所有的恋爱都差不多，都是一开始互相喜欢得不得了，恨不得将所有的热情和欢喜都给对方，然后再慢慢地重新将爱一点点收回。

可能有些人没谈过几天的恋爱，所以不知道爱慢慢变淡是什么滋味。我一个学妹在朋友圈发了条状态：闹一次收敛一次，最后都在等彼此先提分手。

一定有很多人都有过相同的经历吧，两个人吵架、闹不愉快的时候，在女生还爱男生的前提下，只要有一次男方不愿意退让，那往后女生发脾气、吵架都会思量着、忍气吞声，因为她知道就算吵架了，对方也不会去哄她。

不是想象中的恋爱和现实中的恋爱不一样，而是感情谈着谈着就变淡了。爱情的一开始不都是你说什么、我配合，你喜欢吃几千米外的麻辣烫、我能给你买，你不开心、我愿意哄，你生气、我愿意退一步吗？但后来的你生气、我随意，你饿、自己买，你不舒服、多喝热水也统统都是真的。

所以啊，那些越谈越寂寞的恋爱通常都是，明明大家都有空，但总会有一方要么不停地打游戏，要么宁愿自己玩也懒得和对方做点什么。一直以来，我都觉得恋爱是一个不断重新喜欢上对方的过程，而不是感情慢慢变淡的过程。说起来，不知道有没有人发现，那些越谈越浓的恋爱通常都是两个人在朝一个方向去努力。

如果恋爱中，有一方先不爱对方了，那样的爱情也只会变得越来越无味。如果两个人的感情能一直是甜的就好了，这样我就能做你怀里懒散的猫了。

和前女友究竟还能不能做朋友

五湖四海那么多朋友，为什么非要和前女友交朋友，何况你也不是“狗子”，不必天天给前女友跑腿。

我和我弟聊天，说到该不该和前任有联系的话题时，他摆摆手特正经地和我吐槽：“你是不知道现在的女生，真的让人捉摸不透，明明是她缠着我，要我给她说说前任的故事，但是她听着听着突然就冲我发脾气了，还嚷嚷着让我回去找前女友，小心眼得不得了。如果被她知道我和前任还有联系，那我不是找死嘛。”然后接着说道，“不管你还爱不爱前女友，既然分手了，就要断得彻底，不然必有后乱。”听完，我又一次不得不感叹现在的孩子，小归小，但都是明白人。

还有人问我，说和前任分手时没打闹过，分手后互相之间也没有爱，只偶尔问候，这样有没有关系。我感到很奇怪地反问他们：“难道你们不觉得和前任保持联系，是对现任的不尊重吗？”

你有没有想过，当你在和前女友互撩的时候、给前女友跑腿的时候，现任得多委屈吗？一旦被现任知道你还和前女友联系着，她会怎么想？她会想：是不是自己哪里不够好、是不是你爱前女友比爱她多，所以你还忘不掉前任，你知道她多委屈吗？

我给大家举个身边一朋友真实的例子吧，我平时玩得特别好的一个朋友，他的好几任女友都是因为发现他和前任保持联系才分的手。他就是那种烂好人，前女友遇到一点屁事儿找他帮忙，他就屁颠屁颠地跑过去；前女友心情一不好就找他聊天，他还乐此不疲。

用我们的话来说，他适合和前女友谈恋爱，而不是现任。当然，他也说了无数遍，不是因为还爱才保持联系，而是单纯地觉得恋人当不成，当个朋友也行的心态，所以基本上，他被分手也是活该。

说实话，女生和你谈恋爱是想来找个能只对自己好的人，而不是找个天天给前女友跑腿的“狗子”的。男生想谈恋爱时请保持这样的状态：不联系前女友、没前女友纠缠、不跟其他女生暧昧，可以对这个世界不屑一顾，但要对现任女朋友掏心掏肺。

有句话说得好：“不管当初的你们多认真、多相爱、多海誓山盟，一旦分开了，你们之间就真的什么都没有了。”

在对的时间遇见对的人有多重要

人的一生，遇到每一个人的时机真的很重要。有很多人，如果换一个时间段去认识，就会有不同的结局。面包是我的大学同学，毕业以后，他有了一份不错的工作，短短几年就买了车和房子，还结了婚。

之前我到了他所在的城市，他特意抽出时间来见我，还带着他贤淑可爱的妻子。他对他妻子好到令人羡慕的程度，他愿意为她拎包，陪她逛街，愿意为她做一切事情。

看着面包绅士又浪漫的举动，我突然想起大学时，他的女朋友Y。那时候面包才刚进大学，不会恋爱，不懂如何对女孩子好，Y在他身上受了很多委屈，经历了很多难过的时刻。两人在一起有三四年，直到临近毕业的时候，分手了。这一段感情在旁人看来真的挺可惜的，但也让面包变得更加成熟了。

他原来是一个只在乎自己感受的少年，现在变得善解人意，温柔起来了，他从爱中懂得了如何照顾他人。有时候我也会想，感情就是这么巧妙的吧，假如面包在大学的时候，遇见的是他现在的妻子，两人未必就能相处得如此融洽吧。

人的一生，遇到每一个人的时机真的很重要，和对的人遇见得太早，那真的是一件很让人遗憾的事情。有时候我真的希望，对的人还是晚一点儿再遇见吧，因为那个时候我们都足够成熟了，再也不会莫名其妙地分开了。那时候的我们遇见过很多人也经历了很多事，明白自己的心，懂得如何爱人，也懂得了付出就是得到。

如果时间不对，即使遇到的是对的人，最后也还是会错过的。我们在太年轻的时候遇见，除了爱对其他一无所知，所以最后都会弄丢对方。后来有人请你吃了哈根达斯，有人送了你名牌首饰，有人带你周游世界，有人给了你名分，有人实现了你对生活的所有追求。可是很多女孩子的爱情，最初是从几块钱的甜品开始的。

那些荒谬的往事，那些疼痛的感情，那些生命里出现过又消失的人，他们影响了你，塑造了你，让你变得更加完美。有一天你会明白，人生遇到的每个人，他们的出场顺序真的很重要。

我想了又想，终于还是决定拉黑你

看到一句很扎心的话：最后进入你黑名单的那个人，最初也曾照亮过你的世界。

分过手的人大概都有这个感觉，回忆整段感情就像放映一部电影一样，两个人由陌生到熟悉，由甜蜜到平淡，再到冷漠，你看着这些事情在发生，你想要改变些什么，却发现自己根本无能为力。

那个你删了又加，加了又删的人，曾经是踩着七彩祥云闯入你心里的人，可到最后，你发现他并不是你的齐天大圣，只是一个过路人罢了。你已经无法仅仅依靠回忆过去就能继续爱下去了，所以你选择告别过去，因为你再也不想失望了。

那个在你黑名单里的人，你起初不认识他，他也不了解你，但他突然出现了，他向你搭话，然后没日没夜地陪你聊天，那时候你感觉两人有说不完的话。每次你找他的时候，他也总是对你有说不完的话，你们有几百页翻不完的聊天记录。

你每天醒来的第一件事就是拿起手机，看他是不是给你留言了，你想知道他是不是也同样想你。后来你把和他的聊天置顶了，让他出现在你微信列表里最显眼的位置上，因为你希望第一时间收到他的消息，你害怕错过任何与他有关的信息。那时候你喜欢他的全部，你也真的很开心，你觉得你们会这样一辈子相处下去。

可是他变了，变得不再像刚开始时那样亲近你了，他开始很少给你发微信了，甚至有时都不会回复你。一段感情最心酸的地方就在于，在他离你越来越远的时候，你却喜欢他越来越深了。

你时不时关心他、问候他，你推荐给他你觉得不错的电影或是喜欢的歌，但到头来只能得到他的一个“好”字或是一个无关紧要的表情，这真的很伤人。

原来大多数人的离开，都是悄无声息地，他只会用冷漠消磨你的耐心与热情，他从你的世界里消失是一点儿一点儿地，就像你喜欢上他那样。所以你取消了对他的聊天置顶和特别关注，清空了他所有的照片，甚至屏蔽了他的朋友圈，因为他不再喜欢你了，他的一切也就与你无关了。

你把那些曾经珍视的截图、一次次让自己笑得像神经病的对话，也全部都毫不留情地删除了。最后，你还是把他从好友列表中删掉了，因为你担心自己再找他聊天，与其反复失望，不如彻底断了念想，虽然伤口会流血，但至少它能顺利结痂。

你再也不用盯着他的头像发呆一整晚，想他是不是出去玩了，又有谁在他身边，也不用纠结要不要主动发一条消息过去，更不用再等着、期待着他的回复了。更重要的是，你再也不用失望了，尽管那个人曾经照亮过你的世界，让你满心欢喜，但你终于不爱他了，这未必不是一件好事，毕竟，以后的路还长着呢，

有些人错过了就错过了，没有什么好可惜的，互相告别之后，大家都别回头。

余生好贵，请勿浪费

电影院有部电影上映，名字是《我不是药神》。

小馆长看了两遍，哭了好几遍，那句“谁家里没个病人？”让我眼泪止不住地往下掉。

电影里那些戴着白口罩的病人，他们的眼神和渴望，让人心疼。

又看到个新闻：普吉岛翻船了，遇难45人，失踪2人，都是中国游客。

视频里那些家属到了泰国，在那放了鲜花，对着海说：“来，跟我一起回家吧。”

突然就想起了一句话：这世上除了生死，都是小事。

我有个朋友，一个极其可爱的少女，与她见过好多次面，她总是一副开心模样。

前不久她还在计划着去参加音乐节，难以预料的是，在她最美好的二十岁，她被检查出患了严重的肝病。

然后她的生活就这样突然地断层了，迎接她的是噩梦一般的折磨，日复一日的看病、复查、抽血、吃药、昏睡。

原本活泼的她突然像是蒸发了一般，躲到某处阴影之下。

只有在某个深夜至深的时刻，才会看到她发出一条动态，不到一会儿，又被删除，就像什么都没发生过似的。

我曾经因为工作的原因，不可避免地打扰到她，那是在下午一点多的时候，我给她发了很多次消息都没回复，最后不得已给她打了个电话。

在这样一个阳光明媚的午后，她才刚刚醒来，像是经历了一场磨难，唇干舌燥地对我说：

“嗨，好久不见你了。”

于是，在简单接完我的电话以后，她又像是动物似的陷入了漫长的冬眠。

我不敢想象这世上的一切病痛，真正发生在身上时候的那种感觉。

孤独，恐惧，癫狂，绝望，折磨。

这个世界从来没有感同身受，真正的痛苦只有患者自己能够体会到。

大部分旁人都只是带上康乃馨，敲开病房，问候一句“会好起来的”，再立即投入自己的美妙生活之中。

病痛远远比我们想象的更可怕，我们也永远无法预知明天是什么在考验着我们。

除了你自己，没有人会理解你的苦难。如果你不小心走入了最漆黑的那段路，就真的只能一个人独自走完那段路，别人爱莫能助。

所以啊，我希望你们好好爱护自己的生活。过上自律的生活，不要三餐不规律，不要熬夜。

不要因为和×××分开就情绪崩溃，不要因为工作烦恼就吃不下饭。

不值得！你要为了自己，更好地爱上这个世界。

往后的日子也别丧了，余生好贵，请勿浪费。你要相信，只要活着，就会有好事发生。

那时的我们真好啊

遇见你的时候我应该还在读高中吧，素面朝天，穿着校服。你很喜欢打篮球，我虽然不太懂篮球的规则，但看着你帅帅的投篮姿势觉得好开心。你很喜欢摸我头叫我乖，无论我嘴上说过多少遍嫌弃你脏脏的手，但看你眼神宠溺，我还是满心欢喜。

你会抄着我的作业对我说“我们读一个大学吧”，我心里暗想：我们要一起努力，再不济，也要在一个城市，不能分开太远，因为我会过分想念你。

你偶尔会说我胖，发信息嘲笑我是小懒猪，但是每次还是会让我多吃饭，还给我买很多零食。

我们说好一起成长，都不要急，慢慢来，当然我们之间还要慢慢磨合。你会在圣诞节，大家都在互送苹果的时候，送给我一盒巧克力；我会在宿舍里给你织围巾，哪怕织的围巾很丑，你也笑呵呵地围上，对着你的朋友炫耀："这是我好朋友送的。"

你会在夏天，和我一同吃冰激凌、压马路，还会去看一部我看过的小说拍成的电影，你嘲笑我竟然因为电影掉眼泪。

我们还会为了彼此努力学习，为了对方成为更优秀的人，一起成长的时日里，我也会告诉你要做一个成熟的大男孩。

大男孩就是，遇到挫折也要保留一份阳光孩子气。我会陪你一同走过那些成长的日子，和你一起学会担当。因为我是真的想和你度过余生，所以，你遇到事情要冷静，千万不能莽撞，我不希望你心情不好，更害怕你出事。我们将来可能还有许多问题需要一起解决，但大男孩一定是有耐心的，不仅仅是对我有耐心而已。还有，你一定要明白，有我在永远不会让你孤单，所以我们永远不能轻易放弃彼此，这是底线。

做到这些后，我会陪你一起度过每一天，虽然我们可能要经历许多磨难，摔得遍体鳞伤，但我希望我们能因此而变得越来越亲密。我也会害怕时间这个东西，让我们之间变得没有过去那么甜蜜，但是我依旧希望，你是那个能一直陪我，并且共同抵御因时间流逝而使感情变淡的人。

有一天时光还会把我们变老，曾经背得动我的你，或许不再那么有力气，但是我会把我们相爱的记忆，定格在你说爱我的那一刻。如果我们遇见，不要再错过彼此了。

我怕再也遇不到让我心动的人

朋友跟我说过一件小事，那是一个很平常的高三的下午，一堂再平常不过的数学课上，她突然肚子疼，疼得眼泪哗哗地往下落，头上直冒汗，但是那堂课上，老师正在讲很重要的知识点，她不想错过，所以想自己稍微撑一撑，等到下课再去医务室。

这时，她看到邻桌的男生突然站起来，跟老师请假说要去上厕所，之后老师也准了他的假。过了一会，男生回来了，他趁老师不注意从后门进来了，手里还拿着装满热水的保温杯，和从医务室拿回来的止疼片，然后不动声色地悄悄放在了她的桌上。

她后来才知道，原来那个男孩子，一直在注意着她。这种能感受到被人注视的温柔，太让人动心了。朋友说，当时一瞬间，她真的心动了，就是那一瞬间，让那个男孩子扎扎实实地在她心里住了好多年，如今想起来，还是会有心动的感觉。后来的结果不重要了，只是可惜的是，后来她再也没有过那样心动的瞬间了，直到现在也没有过。

我们好像只是变得不再轻易被感动，我们都用铜墙铁壁把自己保护起来了，不愿意让别人走进自己的心里。

更为不解的是，我们遇到的男孩子也都和那个时候不同了，现在的男生都很聪明，很会说动人的话，知道怎样哄女孩开心，还很会适当地表达自己的脆弱，进退得宜，张弛有度，让我们感觉不到他们的真心。所以，在面对这些境况时，我们还保有少女的期待和憧憬真是太难了。

时间让我们都成长了，不仅仅是外表的长大，更是内心的长大。现在油嘴滑舌的男人，当初可能也会为了某个他喜欢的女生，在寒风里抱着水杯狂奔，只为了给她喝上一杯可以让身体暖和起来的热水；现在对爱情失望透顶的女人，当初可能是一个对爱情充满向往、和男生碰碰手指就会脸红的女生。或许在某个时刻，你又想起了过去让你心动的事情，又突然怀念起了那段时光，那个让你难舍的人。

人生多奇妙啊，像是打开一个未知的扭蛋，带着激动的心情，盼望能出现自己喜欢的东西。而那些本来以为没有，却突然拥有了的时刻太珍贵了，因为珍贵，所以稀少，而恰恰因为稀少，我们会忍不住沮丧、忍不住怀疑，是不是那个奇妙的足以击中我们的瞬间，只有一次呢？是不是真的这样可遇不可求呢？我怕我再也不会动心了。

爱情的保质期原来这么短

爱情的保质期，就像开了瓶的汽水，滋啦滋啦地冒掉了所有的气泡，只剩下那带有甜味的糖精水，味道变了那么它终究会“坏掉”，保质期也不过是一串毫无意义的数字。

这个世界上有什么东西是不会过期的吗？面包会过期，牛奶会过期，蛋糕会过期，没有物质形式的爱情也会过期。

有些爱情，可能已经开始变质了，你却浑然不知，还以为它正在像酒一样发酵，越陈越香，直到打开那刻才发现味道变了，一点也不适合自己了。有些爱情，可能永远没有保质期，但是你却正在一点点无情地践踏着它，直到有一天失去它的时候，你才明白，可那时已经晚了。

我以为我的周遭，没有在保鲜期内尝到爱情滋味的只有我一个，直到有天和哥们吃饭，他借着酒意开始碎碎念起前女友。

他俩爱情长跑九年，中间双方相处得都很不错，虽然说也有各种小吵小闹，但是还是撑了过来，眼看到了谈婚论嫁的关头，这段关系却戛然而止。哥们前女友家庭条件不错，独女，相比之下，哥们家条件较差且有两兄弟，女方想让他当上门女婿，哥们碍于面子，迟迟没有做出决定。女方给了他一年的时间，最终无果，只能被迫选择结束这段感情。

哥们很是不解，难道九年的感情就这样付之一炬吗？没有丝毫的留恋与不舍，女友走得头也不回，在和他分手的半年后，草草地相亲嫁给了一个门当户对的男生。

其实女方会如此草率地相亲嫁人，不仅是家里给她的压力，更是女生对哥们对她的爱产生了怀疑，在最后时刻，女方还是选择了分手，选择了一个相对来说有保障的未来。

爱情会不会过期，说白了完全取决于保存方式。可是一辈子那么长，遇见的人那么多，经历的事情那么杂，我们怎么敢拍着胸脯保证我的爱情一辈子不会过期啊，即使是空气也怕有耗尽的一天，那样的信誓旦旦在外人看来是自说自话吧。说到这里，我也开始迷茫了，也开始看不懂爱情，只能无奈地摇摇头了。

比恋爱更重要的事

朋友失恋了，两人谈恋爱的时候是异地，朋友把绝大部分收入，都花在来回机票和见面吃饭上了。后来他跟我苦笑，说自己人财两空，谈什么恋爱，暴富才是正经事。那时候我也就是笑笑他肤浅，却也觉得有时候感情确实如此，还不如钱实在。

我曾听一个朋友倾诉说，他觉得自己快要活不下去了，不久前母亲查出了病，自己在公司也一直被排挤，升职加薪无望，母亲的病也得不到好的治疗。

那时候朋友真的要崩溃了，每天烟不离手，但他没有告诉我们任何人他遇到的这些困难。他也就是在那段时间分手的，一方面为家里的事焦虑，另一方面也确实没心思谈恋爱。

看到一部剧里的台词：恋爱本来就是那些时间和金钱富足的人做的事，

很多人连自己都照顾不好，还谈什么恋爱。

没事多赚钱，困了多睡觉，不论经历了什么，好好对待生活比什么都重要。

王尔德说："在我年轻的时候，曾以为金钱是世界上最重要的东西。现在我老了，才知道的确如此。"

虽然这句话有些夸张，但是在生活上遇到重重困难的时候，你会发现，钱真的重要。生活里总有让人绝望的时候，自己的世界观一点一点崩塌、不如意的事情一件接一件，但除了接受，你根本没有选择的余地。接受它、熬下去，才有希望战胜它，把生活过成自己希望的样子。

罗曼·罗兰说过，世界上只有一种真正的英雄主义，就是认清生活的真相以后仍然热爱生活。钱真的很重要，能帮你回避风险，能帮你解决生活中大多数的难题。所以有空的时候，也别想别的，多赚点儿钱比什么都管用。除此之外，睡眠也真的很重要，能帮你放松自己、养精蓄锐。没有什么问题，是睡一觉不能过去的。有空的时候就别东想西想了，好好睡一觉，把自己放空。

好好做你自己，过好属于自己的生活，不要偏执得将时间浪费在没有任何意义的事物上。发生了什么不重要，前路多难也不重要，看清生活的真相，然后好好拥抱生活。是真的，无论是你爱了一个月，还是一年，又或者十年的人，都有可能离开你。你费了那么大的心血，却爱而不得，这样的打击真的很大。倒不是说要做一个拜金的人，或者是如何如何爱财。只是说，与其把期望放在其他人身上，倒不如让自己变得更好。是真的，你要的那些安全感，只有你自己能给。

后来，我们还是成了陌生人

遇到一个很酷的小姑娘，我跟她很投缘，于是经常有一搭没一搭地聊天。

有一天，我突然和她在微信上聊到年少时喜欢的人，她说："你有没有遇到过一个，你一见到他，就觉得你们以后肯定得要结婚的人啊。"我第一反应是又能空手套爱情故事了，于是爽快地回答她："有啊，吴彦祖。"

她发来微笑的表情："你别说，我当时觉得他比吴彦祖还好看。"那个男孩瘦瘦高高，眉眼含笑。两个人窝在一起看偶像剧的时候，他会压低声音在她耳边说："好想娶你当老婆啊！"然后一个人红了脸，抱着她不再说话。

两个人也吵架，吵完了再和和气气地去最近的一家餐馆吃面，接着嘲笑对方吸溜面条的声音。

男孩快过生日的时候，她每天急得团团转，身上零花钱不多，就去兼职赚钱。这样的心情很多人都有过吧，年少时候的喜欢，总是做足了一切，却还觉得自己做得不够多。

男孩后来知道了，特别开心地抱着她说："这样吧，我生日那天，你亲亲我好不好。"那时候的他们，是真的都想要一起走到最后的。后来两个人分手的时候，她整天哭，哭得那段时间说话声音都哑哑的，见谁都一副丧脸，朋友嫌弃她，说她有点儿出息好不好。

"可是没办法，明明他也很爱我，没理由分开的，凭什么我们要错过。"她说大概就是这样的心情。

我问她："然后呢？"

"没有然后啦，上上个月我去参加了他的婚礼，真的是气死人啦，他居然一点都没变丑，还是那么好看，气死我了。"

"你还爱他吗？"我忍不住问。

"当然不爱啦，我连他的新娘长什么样都没看清。"

真的很神奇吧，当年要死要活非他不嫁的一个人，现在一点感觉都没有了，没有遗憾，没有心痛，就像看着一个陌生人娶了另一个陌生人一样，内心没有波澜。

这么多年，我也爱过好多人了，我觉得每个人都会遇到一个很爱、但是不能在一起的人，很多年以后，爱也好，恨也罢，那个放在你心里真真切切存在过的人，都会成为不相干的别人。

什么使你再也不会那么炽烈地爱一个人

有人说，分手其实是一个极其缓慢的过程，就像要剪断一根很粗的编织绳一样，只有一根根编织在一起的细绳子都先后被剪断，整个绳子才能被分成两段。我也相信，所有的结束并不是突然发生的，其实在很早之前就留下了伏笔。

被爱的时候，我们都渴望恋情长久，可到了后来，两个人都想放弃，哪里还有天长地久。感情这东西，往往比我们想象中要脆弱得多。无论喜欢的时候两人有多亲密，一句分手，就能让两个人瞬间变成陌生人。

后来，你取消掉了他的特别关注和聊天置顶，删掉了他的所有照片，还给了他送你的所有礼物，从此你的生活里再也没有他，他也永远不再是你的。分手的那段时间，真的是你经历过最黑暗的时期，每天夜里以泪洗面，白天还要装作若无其事。你时不时就会想起他，会翻看他有没有重新加你好友，看他有没有给你留言，有时候你一晚上梦见他七八次，迷迷糊糊看手机，还以为他给你发消息了。

你开始反思自己当时是不是太冲动了，是不是脾气太大，是不是做得不对……你开始把分手的责任往自己身上揽，因为你太想他了，你想他回到你身边。

张小娴曾说："也许有一天，当你长大了，受过太多的伤，失望太多，思虑也多了，你再也不会那么炽烈地爱一个人。"你曾经很相信感情，很用心地去喜欢那个人，可你用那么多的精力和心思谈了一场恋爱，却没有得到任何结果。于是你再也没有勇气去追寻爱情，你以后都不想再谈恋爱，真的连喜欢一个人都提不起劲儿了，你觉得对一个人心动实在是太难了。

你不是怕遇不上更好的人，而是怕花了很大的精力认识、相信、适应的那个人，最终还是失去了他。重新开始去认识一个人，真的很累，反正你已经一个人熬过了所有的苦难，更不会再对谁满怀期待。后来你渐渐地开始了一个人的生活，一个人去上班、一个人去吃饭、一个人去逛街……

慢慢地，你发现一个人的生活，好像也没有想象中的那么糟。喜欢的东西自己买，喜欢的电影自己看，你的厨艺开始有了精进，你也不会再觉得房间黑有多可怕了。单身久了，真的会习惯这种生活，毫无拘束的感觉真的很好，不用为了小事和一个人吵架，不用相互猜疑，更不会为了谁去伤心、去赌气、去熬夜，也不用指望谁会对你好。你只需要努力让自己活得尽兴就好，于是你开始相信，你可能会这样孤独到老吧。

其实你也想要谈恋爱啊，只是真的不想再受伤了，不到你觉得可以万无一失的时候，你都不会选择开始一段新的恋情。你觉得自己陷入了两难的局面，偶尔羡慕出双入对的情侣，偶尔庆幸单身的自由。一方面你觉得自己一个人待着有点冷清，另一方面你又觉得找个看对眼的人真的是太难了。

如果非要一个人走入你的世界，你也刚刚好觉得他很不错，那他一定要真心爱你才行。要么不要开始，要么就好好在一起，因为你真的没有精力再失恋一次了。

CHAPTER 2
谢谢你来到我的世界

醉过方知酒浓，爱过方知情重

朋友和我说过这样一句话："时间是人类永恒的敌人，很多人都怕它，但若你的爱情是好爱情，又怎么会无故害怕时间会摧毁你的爱情呢？"

我反问她："你是不是怕啊？"

她说："我现在不怕了，我们分开了。"

然后她一脸故作轻松道："我只是失去了一个现在不爱我的人而已，没什么大不了的。感情嘛，都是当时是真的爱过就好，不奢望最后能在一起。"

我想，坏的爱情理所当然会让人感到害怕，好的爱情当然不会，因为好的爱情，带给你的不仅是快乐和幸福，更会让你学会成长，学会如何去与对方相处；相反地，坏的爱情只会让你丧失自我，并且自甘堕落，可是有很多人都在担心，好爱情会变成坏的爱情。

我以前的一个男朋友，我们分手后就互删联系方式了。后来他又加我微信，我没通过，他就跑来微博私信我，问我最近过得好吗，我忽视了他，因为我一个人，真的过得很好啊！

不过有一天，我突然想起来，当初和他在一起的时候，有次吵架，两人谁也不让谁，他可能真的是气极了，就把手机关机了。

知道他关机后，我整个人都慌了，不停地给他发短信认错，打了一百多通电话始终没有接通，一直到晚上10点，那边才开机，接通了电话听到他“喂”的一声，我就哭了。

我边哭边和他说，我以后再也不和他吵架了，希望他这次能原谅我，后来他见我哭成这样才意识到事情的严重性，之后就一直安慰我和我道歉。我想我那时候应该真的爱他吧。

虽然最后没有在一起很遗憾，但是和他走过的路、遇见的人、经历的事都印在了我的心里，他也曾经把最好的都给过我，也真切地爱过我，我们分开时流的眼泪也是真的，我爱他是真的，但想想那都是那时候的事了，再真又能怎样？只是这段往事会一直留存在我的记忆里，多少年后，我或许又会在不经意的一些小细节里，想起那个让我掏尽所有，为其心甘情愿付出的他。

醉过方知酒浓，爱过方知情重。爱过后，我们才知道，失去的比从来没有爱过的要好、比从来没有得到过的要好。

虽然很多事情都成了过去，但是每次想起当初的那份甜蜜，心里还是会酸酸的，我也会想，以后闲聊的故事有了。已经没关系了，因为那时的我，真的爱过你。

聊天这样结尾的人，一定很爱你

朋友说，如果一个人不喜欢你，那他和你聊天时，经常会说一句去吃饭或去洗澡，随后就消失不见，留下傻等的你。而他和喜欢的人聊天时，哪怕正在洗澡，他也会第一时间回复对方发来的信息。

如果你有幸与喜欢的人相识，以后就再也不要为了避免冷场，而绞尽脑汁想话题，也不要时刻察言观色，处处讨他欢心了。因为对方真的在意你，就会理解你，不会让你紧张、不安，他会尊重你、珍惜你。

以前我看过一部电视剧，男女主人公每次在分别的时候，都会说很多遍再见。我也想起自己聊天的时候，总要和对方说很多遍晚安才罢休。

“晚安啊，这次是真的睡了。”

“晚安。”

说完这话之后，我还是不会立刻睡着，我还是会看着手机，要盯一会儿他的头像或者翻翻我们以前的聊天记录，总有恋恋不舍的感觉。要是对方又冒出来问一句“睡了吗”，我就真的会在床上幸福地打起滚来。

从两个人的聊天过程中，可以看得出来一个人是不是真的喜欢你。

如果你给喜欢的人发信息，他总是要在很晚的时候才会回复你，而且还总是让你做那个结束聊天的人，我想，慢慢地你就会失掉兴致。因为每当你打开你们的微信对话框的时候，你会发现，里边的大部分信息都是你发给他的，而他的回复寥寥无几。这样的聊天记录让你感到尴尬、难堪，你只想快点将这些信息都删掉。

一个人喜不喜欢你，你一定可以感觉得出来，因为那个人，特别不想在和你聊天的时候跟你说再见。无论你们聊得多晚，他都不会犯困；无论你的话题有多无聊，他都喜欢并耐心地和你聊下去。你说的每句话，他都会很快地回复你，他不会让你感觉到一点点窘迫，也不会让你感觉到任何的不安。因为他喜欢你，巴不得穿过手机屏幕去拥抱你。

以前，我觉得大家好像都不愿意做聊天结尾的那个人，但后来我才知道，有人愿意的。他愿意把你先哄着睡着了，自己才心满意足地去睡。因为他喜欢你，是非常非常喜欢的那种。

他跟你说的每一句晚安都特别用力，他想每天候着你入睡，再每天等着你睁眼，因为他希望，你的每一个24小时，都是由他开始、由他结尾，包括你的未来、你的一生。

男生爱一个人的递减公式

刚开始的时候，他对你的喜欢是一百分

一段感情开始的时候，往往也是你们关系最好的时候。那时候他满心欢喜地找你聊天，对他而言，你的一切都让他感到新鲜。他每天和你说早安、晚安，会与你分享很多他生活中的琐事，从起床洗漱聊到一日三餐。你们聊爱好，聊人生，有说不完的话。

他会时不时地问你有没有空，巴不得天天约你出去。看电影、逛街……他愿意花时间和你待上一整天。你们两个人也从生疏变得越来越了解，你也逐渐习惯他的存在。

你开始接受他的时候，他对你的喜欢变成八十分

慢慢地，你发现你已经沦陷了，这个算不上特别优秀的男孩，在你眼里居然一天天变得讨人喜欢。你甚至会觉得，他再按捺着不向你表白的话，你都要等不及主动出击了。

你们最终还是在一起了，你已经非常喜欢他了，也开始期待着甜蜜的日子能够长久。可他好像有点变化了，尽管不是很明显，但是你能感觉到。

自从在一起之后，他跟你聊天没有刚开始那样勤快了，对约好出去玩的日子也没那么期待了。你在他的眼里读出了一点儿不一样的东西，可那时候你还是安慰自己，感情平淡最好。

他开始变得不满足时，对你的喜欢减少到六十分

你从来就没有说过自己有多完美，一开始喜欢上你是他做的决定，到后来，他却变得不满足了。他嫌弃你化妆太慢，声音不好听或者头发太乱。总之，过去那个把你视为女神，捧在天上的男生，现在开始嫌弃你。过去你甚至都看不上他，现在他却开始变得不满足，这真的很讽刺的。

他总说忙的时候，对你的喜欢只剩四十分

慢慢地，两个人约会的次数好像越来越少了，你从来没有想过他会如此冷漠，一点不在意你的感受。

他不会费尽心思逗你开心，也不会给你准备惊喜的小礼物了，甚至你说一起去看电影的时候，他流露出了不情愿的样子。

刚开始的时候是你不想搭理他，他还拼命找话题，到现在好像颠倒了过来。你没有他的游戏重要，也没有他的工作重要，甚至他愿意花时间睡觉，也不愿意多陪你一会儿。他开始不接你电话，也不点开你给他发的语音。

明明他是你男朋友，却好像从来都没有存在过一样。你需要他的时候，他永远都不在，因为他没有那么喜欢你了。

他要把你拉黑的时候，对你的喜欢只剩下二十分

忍了很久之后，你还是跟他摊牌了，你觉得这太不公平了，一直以来你对他的喜欢都是递增的，你越来越依赖他，可他对你的喜欢却是递减的，对你越来越冷淡。当初追你的人明明是他，凭什么最后却像是你追他一样。明明是他先喜欢的你，最后分手时最舍不下的人却变成了你。所以你最后跟他吵了一架，你把你想说的都说了。

他也没有逃避，只是在听完之后默默把你拉黑了。

他对你视若无睹的时候，对你的喜欢变成了零分

很长一段时间过后，你们刚好在某个聚会上碰见了，你十分尴尬，想要回避他，可他却大大方方地跟你聊天。从他的眼神里你可以看到，他对你已经没有一丁点儿喜欢了，他只是把你当作一个可有可无的陌生人，只是礼貌地和你聊上几句罢了。这时候你才明白，一个男生狠心起来，真的是很令人绝情的。他可以在一瞬间把过往所有美好都抹杀掉，然后像一个没事人似的走开。他已经不喜欢你了，是真的。

最后

经常有人说，谈恋爱时，千万不要爱得太满。不要以为你喜欢他是满分，他对你的喜欢也是满分，太爱一个人，他会习惯你对他的好，而忘了自己也应该付出。

也许深情的人从来都会被辜负，只有薄情的人才会被反复思念，有些人出现在你的世界里，只会带给你伤害。现在回想起来，还是算了，那个人要是不能一直爱下去，干脆别出现了吧，不如各过各的，好自为之。

如果不爱，请趁早说明

“五岁的时候，你可以为捕捉一只蝴蝶，而跑到一公里外的田野；十岁的时候，你可以为一个冰淇淋跑遍大街小巷的商店；十七岁的时候，你可以为见喜欢的人，一个人去陌生的城市；二十七岁的时候，你可以只为了生活而随便就找个人，过一辈子。”

我把网易云的这条评论发给我朋友，问他：“小时候我们喜欢什么，就会不远千里去追寻，现在越长大越不如小时候了，没那个劲儿了，也不愿意花时间和精力去爱一个人了。”

朋友说：“对啊，大家都很忙的，本来一开始都是充满热情的，但是当你试着把时间和精力都放在一个人身上后，没有得到预期的效果，以后就再也不愿意去这样做了。”

朋友阿叶追过公司的一个女同事，他说那个女孩笑起来眼睛特别好看，他觉得她很好，就开始追求人家了。追了一个多月，阿叶跑来和我说："不追了，到我的极限了。"

我问他："为什么？"

他说："她应该不喜欢我，但是又会给我一种错觉，以为她喜欢我。平时呢，她心情不好的时候，我陪她聊天，到我心情不好的时候想找她说话时，她总说没空，不理我。她生日我花时间精心给她准备礼物，带她吃好吃的，她呢，到我生日的时候一句生日快乐都没有。我约她吃饭，得约好几次，她才肯出来一次，还是全程不给笑脸的那种。我问她有没有喜欢我，她又含糊地说一堆没用的。全公司的人都知道我喜欢她，她却始终不给我个准确的回复，这叫我还有什么动力追下去？"

所以说，很多人问我，为什么男生追女生追到一半就不追了，我的朋友阿叶就是一个很好的例子。

追一个人，就像打游戏，一路升级打怪，系统要时不时给个奖励，打游戏的那个人才会有动力继续前进啊。如果你总是暧昧不明，好多男生只能望而却步了。

现在我们都是大人了，已经过了年少那种非你不可的年龄了。

行就行，不行就不行，如果不爱，请趁早说明。

女生最怕男生这样说

恋人之间最不动声色伤人的话，就是“随便你”，很多男人最喜欢讲的也是“随便你”，敷衍又不解风情，吃饭说随便，看什么说随便，买什么也说随便。不管恋爱与否，总有那么一个人，当你兴致勃勃对他说了好多，到头来也只是听来一句他的“随便”。

小夏和她男友是在小夏公司的楼外解决关于两个人还要不要继续在一起的问题的。小夏问他：“我们还要不要继续在一起？”

他沉默了半天：“我都可以的，不知道你是怎么想的？”

小夏看着他：“不要每次都问我怎么想的，现在是我问你怎么想的，是我在问你！”

“我……我都可以，只要你愿意和我继续在一起，我也愿意的。”她男友慢吞吞地说道。

小夏气得用包砸了他一下：“什么叫我愿意不愿意，如果我说我不愿意呢？”

他把头撇向别处：“如果你不愿意，我也没关系，随便你吧。”

“每次都是一句‘随便你’来搪塞我。吃饭随便，买东西随便，做决定随便，我找男朋友不是让他每天随便我的。”小夏留下这句话转身朝着公司走去。

相信很多人都有过类似的经历吧，对方看似把一切做决定的权力都交给了你，实际却把一切的结果都丢给你去面对，那些好的坏的、后悔的不后悔的都变成了你的责任。

不清不楚比明确表达来得可怕，当你在为一件事情苦恼许久时，爱你的人总是愿意花时间去了解你和帮你解决的，而不是皱着眉头说随便你。“随便你”并不是一切都随你安排和决定，只是他自己没法选和不想选的借口罢了。

我和前任谈恋爱的时候，有次两个人为了看哪一部电影起了争执，最后对方扔下一句“随便你”。尽管这时候在别人看来是我赢了，但是我却没了看电影的心思。试想，原本你高高兴兴地和对方谈着计划，他却丢下一句“随便你”，你还会有心情谈计划、聊剩下的内容吗？

你对一个人有好感时，一开始只是为了见到他，后来变成了喜欢他，再后来恨不得抱紧他告诉他你喜欢他，但最后却换来“无所谓”“随你”，你还会有心情去爱吗？喜欢就是喜欢，不喜欢就是不喜欢，就算说出随便，也不会真的让我开心分毫，所以，所有的随便你只会让你心灰意冷，如果一段恋情最后剩下无数遍随便的话，那么这段随便的恋情，也真的该结束了。

到这里，我知道自己真正喜欢上他了

航妹大概是醉酒后情绪涌上心头，嘴里一直嘀咕着："Yb，其实我也没有多喜欢你，不然我怎么会才过了一年，就忘了你的样子。"

Yb是她分手一年的前男友，她总说他们在一起的时候几乎天天吵架，如果早知道他们在一起的时间只有这么短，那她一定会用这些时间，多跟他说说肉麻的话，多抱抱他。

她也总说："我也没有多喜欢他吧，他也没有多好，没有很高，身材也不是很好，脸上也会长痘痘，抽烟、喝酒，还爱打游戏。其实，他跟我的理想型差远了。"

但这世界上，最好的爱情并不是才子配佳人，也不是白富美找高富帅，而是你明明在等白马王子，却偏偏被个普通人给收了心，你本来一心觅帅哥，却和个小胖子谈起了感情。如果你的心是一把锁，那就会有莫名其妙的钥匙来打开，根本不是原来成套的，所以别给未来的男朋友定标准，爱上谁就是谁。

之前有一句话：希望我是那个让你心动的人，而不是你权衡再三觉得还不错的人。若真心相互喜欢，考虑的问题一定是爱不爱，而不是其他一大堆客观的因素。

其实我觉得，真正合适你的人不一定要有多优秀，不一定要很好看，或者家庭条件很好，但他应该要懂你，知道怎么能让你开心，这样你们共度漫长的一生，才不会太费劲。

如果你遇到这样一个人，一切纠结都会归于沉静，所有的条件都会变得简单，就不会太在乎那些外在的东西。

曾经看过一个问题：怎么检验一个人是否爱你？有一个答案是这么说的：做，是检验真爱的第一标准。看一个人是否爱你，首先看他为你做了什么。

想起有个主持人说的一番话：等我女儿长大了，我会告诉她，如果一个男人心疼你挤公交，埋怨你不按时吃饭，一直提醒你少喝酒伤身体，阴雨天嘱咐你下班回家注意安全，生病时发搞笑短信哄你……请不要理他，然后跟那个可以开车送你，生病陪你，吃饭带你，下班接你，跟你说“什么破工作别干了，跟我回家”的人在一起。跟你在一起的那个人，应该是最懂你，最讨你喜欢的人。

之前在网易云热评上面看过这样一段话：真正喜欢上一个人，应该是害羞得不敢表白，会总感觉配不上他，可却渴望追到他，和他发信息时总有讲不完的话，见面后却欲言又止，沉默地微笑离开，而心里却有千言万语。

真正喜欢一个人，宁愿被对方误认为是木头，少动几下、少说几句，只因怕最丑的样子被看到，最没品位的话被听到。

如果我遇到喜欢的人，我会对他没有一点儿戒备，甚至有时会特意在他出现的周边表现得大大咧咧，把我好的坏的一面都呈现在他的面前。

最该放弃的是别人的评价

《蓝莓之夜》这部电影里，女主和相恋五年的男友分手了，女主看见前男友和另一个女人吃饭，走在街上看到他们在窗边拥吻，这时候女主的内心独白是这样的："我不知道如何和生活中无法失去的人说再见，所以我没有说再见就离开了。"

看完电影后，我的内心很久不能平静。我不知道那是多大的勇气，能让她流着泪，决绝地转身，丢弃过去的自己，踏上完全未知的旅程。

是的，就算我还爱你，可接下来的每一份爱，都是往巨大海域里投下的一粒小小石子，别说波澜，你连水花都看不见。

有姑娘问我："我很想他，我走不出来，我要怎么办啊？"问问题的姑娘们未必不知道答案，只是人啊，总是爱固执地寻找感同身受。

爱一个人从来都没错，可太过执着于一个不爱你的人没有什么意义。最难过的一种爱，大概就是那个人已经绕开路障朝着另一条康庄大道头也不回地走了，而你还不顾一切地撞着面前的南墙，明知是尽头了，你还一而再再而三地想尝试。

一个不爱你的人，说到底已经是和你毫无关系的人了，从此他的一切都与你无关。相爱的时候就全力以赴，等有一天不爱了，你也别为了他失去你自己。

爱是棋逢对手、势均力敌，我们当然可以为爱牺牲，但前提是你同样也爱我，同样愿意因为我而选择委屈、妥协、包容。所以当天平失衡，你站在更高的地方俯视我，而我却不得已对你俯首称臣的时候，这段关系又有什么继续的必要，我还爱你什么？

我们总是问："我到底有什么不好啊，你为什么不爱我？"因为我们爱一个人的时候，做得最多的一件事就是承认自己的差劲儿，但现在我不想承认了，因为我挺好的，只是你不爱我罢了。就像电影里那个谁都不愿意吃的蓝莓派，有人一开始就避之不及，有人吃到一半嫌腻遂弃，但一定有人，没有原因地喜欢蓝莓派，吃一辈子都可以很喜欢的那种。

电影里的女主角在最后的明信片里写道：有时，我们依赖别人去定义、识别我们是谁，就像照镜子，然后在每个倒影中，我们都更喜欢自己。所以说，我爱你，但我更爱自己。

你要等的那个人，等到了吗

让你等一个人10年，你等吗？最后等到了吗？

我的高中同学阿备，他当时有个特别喜欢的女朋友，但是对方高二的时候去英国念书了。

一年后，我们大家都毕业了，出国的出国，去其他城市的去其他城市，他也选择了去国外念大学，他申请的是英国的一所学校，他在申请表上写下这样一段话：“我喜欢的女孩在你们国家上大学，我想漂洋过海追求她，我想用我现在所有的爱离她再近些。”

就在大家以为他肯定会去那个国家时，他的申请表被拒绝了，本来他家里就不同意他出国，正好以此为借口向他施压，让他留在了国内。从那天起，他就把QQ签名改了：离得远又如何，等你回来便是。一直到现在，6年多过去了，他还在等。

我们几个同学聚会的时候，有人劝他不要等了，等不回来的，他气得摔了酒瓶，让对方不要多管闲事，最后一个人蹲在马路上待半天。我跑出来蹲在一边问他：“对方回来找过你没？”

他摇摇头顿了一下说：“我知道她不会回来了，我也不会去找她了。”

我问他：“那为什么还要等。”

他说：“刚开始我以为等着等着她很快就回来了，后来等着等着就习惯了，再后来我就知道她真的不会回来了，但是我还想再等等。”

有时候，人总是会很执着于一件事或一个人，那些夜深人静的晚上，那些小小的执着，被你小心翼翼地一点儿一点儿藏在枕头下，那些思念和悲伤被带进睡梦中。

一个人想见你，会奋不顾身地来见你；想回来，就会奋不顾身地回来；想让你等，会说一个期限并遵守这个期限；想爱你真的就会跑着来拥抱你。

其实，等一个人很久没关系，1年、5年或者7年，如果你愿意等，那也没关系，你等等吧，但是一而再地要你等一等的人，你就不要等了，因为他自己都不知道期限在哪，他也很容易就会和另一个人走。

我们啊，总有那么几个清晨非常想念一个人，想给他发短信，又怕对方身边已经有人陪伴。我们总要有那么一个青春和过往，花些时间等一件美好的事，等一个喜欢的人。如果你喜欢的人一直等不到，就不要等了。

你从未见过我在深夜里为你痛哭

你知道我多喜欢你吗？每次打开手机，最期待的就是你有给我发消息。要是你没有，我会焦虑，坐立不安，甚至气得想要给你打电话。

我每天最开心的一件事，就是和你聊天了，看着浮动的那行“对方正在输入中”，就会感觉到莫名的心安，就会觉得屏幕那头的你在找我，想着怎么回应我的话，或者说一些什么让我心安。如果你头像那边是静止的，我会猜你在忙，或者想你是不是在吃饭、洗澡，或者有什么其他更重要的事以至于没有时间回复我。

手机知道我喜欢你，它知道得有点儿多，却又不让你主动联系我。有时候我也会很奇怪，你到底在不在忙呀，为什么你回复我的消息有点慢，为什么我说那么多，你却只回答我“好的”？我有时候也会觉得特别失望啊，为什么每次都是我先开口，说一些无聊的话题，有关天气、有关心情，因为我只想让你陪我好好说会话。

朋友很认真地告诉我："如果一个人爱你，那他一定会主动联系你。无论相隔多远，无论上一次说话是什么时候，无论上一次聊天是谁先说的晚安，只要他喜欢你，他就一定会主动找你。"

我想，是啊，如果真的喜欢的话，你再忙都会腾出时间来陪我看电影，也会在吃饭、洗澡的间隙同我聊天，你会想听我说话、揣摩我的心思。

其实你不在的时候，我会翻来覆去看你的朋友圈，也会再浏览一遍我们的聊天记录。我已经换了第三个手机了，但是一直不舍得删掉聊天记录，我每次都会把它们转存到新的手机上。你看我多在意你，你不主动找我的时候，我也会赌气不主动找你。

朋友对我说："别卑微。"我说："嗯，要高冷！"但是每次输的都是我，我还是忍不住给你点了赞，或者给你发了消息问你在干吗，我是不是有点太主动了？但是你缺席我生活中的很多瞬间，我总会觉得很低落。想跟你聊聊我的生活，又怕你报以沉默。你从未见过我在深夜里为你痛哭……

很多时候我回复你是秒回，你回复我像是经历了一个轮回。我就为等你的回复，不断打开聊天、又关掉，打开、又关掉……

朋友最后对我说，如果一个人不找你，那就是不想你。我回答她，嗯，是这样。你知道我有多喜欢你吗？算了，你不知道。

我们的爱情很简单

我从来都不觉得人生好过，比如，此刻我刚买好了一杯奶茶，却在走出500米后弄丢了我的吸管，很多事都不能如意，人生太艰难了啊。我是要再返回多走500米，不要脸地向店员多要一根吸管，还是就地放弃这杯奶茶？

我也从来不觉得人生有多简单，在我幼儿园第一次玩过家家的时候就意识到了，两个男孩子我都很喜欢，但是如果我要是当了“妈妈”，那选谁当“爸爸”呢？

我们都好像在迷宫里，出口只能有一个，不能贪心地什么都想要，可是等走到无路可走再返回，却又好像走进了另一个迷宫，人生难道不应该是“守得云开见月明”吗？好像真不是的，大多时候我们是闯过了一关，还有一关……

很多时候，你特别想要一个东西的话，可能得到的恰好是另一样东西，就像你八岁的时候，想要洋娃娃，父母却买了连衣裙给你，这样不能称心如意的事情总是多得数不胜数。但很有意思的是，很多时候你后来得到的那个，其实也是好的；而以前特别想要的东西，后来也可能不太想要了。

十八岁时候的你已经能够买很多洋娃娃了，但是你不会去买，你会买漂亮的衣服和鞋子，这时候的你，也快忘掉了八岁时候那个得不到的洋娃娃，所以很多事好像都是被安排好的，那么为什么我们的生活不过得简单一点呢？或许上帝知道我们前面是条死路，所以特地提醒我们换条路罢了。

《小团圆》里九莉对比比说：“我怕未来。”比比有点悲哀地微笑着说：“人生总得要去过的。”所以好在问题也不一定都要解决，人生有些矛盾纠结依然可以过完这一生。

我或许把命题说得太大了，但其实这么想一想，爱人也是一样的道理吧，打动我的不是那些花哨复杂的东西、体面漂亮的外在，而是大大小小简单细致、只有我能领略的细节。简单到你的一个眼神就能让我安心，你只要看着我，就给我指引了一条明路，你能给我满满的安全感，不会把我放进各种各样的选择题里，而是直接给我解决的方案。然后这时候，我可以让你重新帮我拿根吸管，我会在原地等你。

尽管最后我们没有在一起，但我很满足

我们都炽热地、掏心掏肺地爱过一个人，但也被狠狠地伤害过。

我曾经以为世界很美，生日的愿望会实现，过去会怀念，喜欢可以一辈子，糖一定是甜的。后来我知道，糖有酸的，牵手不能一辈子，喜欢可以不在一起。如果最后我们没有在一起，那也没关系，我喜欢过你，你也喜欢过我就好。

要是我们在一起了，那就最好了。毕竟我喜欢你，是想和你在一起。

在逛超市的时候，朋友Shoma和我说，现在喜欢一个人不像以前那样巴不得在一起，让全世界的人都知道才行，这个社会把感情节奏带得越来越快，在我们还没回神的时候，喜欢的人就消失不见了，到后来，我们再去喜欢一个人的时候，总会把这份喜欢放在心里，等着它慢慢淡去。因为我们越来越害怕，爱被消耗掉，害怕再喜欢一个人，得不到回应。

我对朋友Shoma说，人呐，这一辈子会遇到很多人，做很多事，有的事做对了，有些做错了，有的人错过了，有的人辜负了。可是无论如何，在我们遇到特别的人的时候，我们总是会时不时有点甜蜜的幻想：想着在黄昏漫步，两个人走在林荫满满的小路上，直到太阳消失；想着有一天睡到自然醒，消磨清晨的时光；想着骑单车，在海边吹吹风；尽管我们想了很多，但心里明白，这也只是想想而已。

喜欢了就是喜欢了，喜欢的人不能在一起没关系。我们总是明知关灯玩手机会近视，却还是习惯在被窝里玩通宵；明知零食吃多了会胖，还是忍不住去吃；明知熬夜会伤身体，还是爱睡那么晚；明知那个人不爱自己了，自己还是奋不顾身去爱他。

我们心里明明一开始就知道，在一起是不可能的，或早或晚都是要放手的，却总也不甘心，还是想和你在一起，所以我想趁着喜欢的时候，多喜欢你一点。我喜欢你，最好是在一起，毕竟我想要你只对我好、只对我笑、只拥抱我。

你也要知道，虽然我们因为这因为那，最后没有在一起，但是我想让你知道，你牵我手的时候我很满足，你吻我的时候我很开心，你说喜欢我的时候我很心动。有些爱，虽然我们没有让它永远地留下，但是我们笑过哭过的过程是真的，喜欢你也是真的。

有些爱情终究需要放手

以前听过一个故事，我特别喜欢。故事说的是北宋著名的学者程颢，他在十六七岁的时候，非常喜爱打猎，但是后来呢，他想要集中注意力研究学问，没有时间和精力去打猎，只好忍痛割爱，然后他跑去跟所有的好朋友说："我不再喜欢打猎啦。"

有个朋友就告诉他："千万不要说得那么容易，我看你不是不喜爱打猎，而是把这种心思隐埋起来罢了。说不定哪一天这种心思被唤醒了，你还是会像年轻时一样，高高兴兴地去打一阵子猎的。"

程颢不置可否，但这席话，在12年后得到了验证。有一次程颢外出归来，在田野里见人打猎，顿时想起了打猎的乐趣，于是高兴得手痒起来，跃跃欲试。

好朋友老林问我，如果我曾爱过的那个人时隔多年又出现了，要我跟他走，我走不走。我笑说这个问题太难了，我没有答案。

每个人的一生中，好像总避免不了这样的事情发生，我们总会因为各式各样艰深复杂的原因，被迫和一个爱的人走散，他曾是你生命的一部分，他曾经将你的生活填充完满，又彻底打破了你对爱情的认知，他是你整个少年时代的欢喜，更是你日后夜不能寐的阴影，所以他若再次出现，必定激起千层浪，你明白，你逃不过。有人真的会选择回头，千千万万遍，为他在所不惜。

我想了好久，如果他再次出现，并且挽留我；那么我的答案一定是不会和他复合，我还是会爱他，只是我不会跟他走了，纵使他痴情撒娇，我也不愿意我们的爱情再来一次了。

没有什么是一成不变的，时间变了，生活变了，人也是会变的。我们总要长大，我们迟早会变成和过去的自己不同的人，若此时回想过去的爱人，回想一下年少时的心境，我也不知我是否还能像曾经那样，全心全意、毫无顾忌地爱一个人。

这个故事的最后，程颢忽然回忆起那个朋友说过的话，于是便硬是压制了要打猎的欲望，径自走回家去。

就如同我和曾经喜欢过的人之间的故事一样，哪怕事隔经年，哪怕我爱他依旧，可是我深知，回过头再一次爱他便如叶公好龙，我怕了，不愿再尝试了，也不会再将心亲手交与他，任由他蹂躏了。于是爱他这回事啊，真的不如算了。

往后余生，我的世界再也没有你

我承认我输了，有时别人一说起你还记得那个人吗？我的第一反应就是你，我知道我对你念念不忘，但以后再也不会了。删了你之后，你也别再加我好友，别再发短信给我了，不是我不知道怎么面对你才好，而是我真的一点也不想再面对你了。

你说过，分手之后还可以做普通朋友，我的答案是不行。我现在不想见你，不想听你说话，也不想再爱你了，我们最好老死不相往来。

尽管过去我们深爱过，也相互伤害过，不过对我而言，那都是很久以前的事情了，用不了多少天，我就可以都忘光。

你可能不知道，刚分手那段时间我是怎么熬过来的，什么事情都不想做，每晚睡不着，闭上眼睛想到的都是你。我那时很想知道你的消息，想知道你在做什么，去了哪里，有没有好好吃饭。

那段时间我真的很想联系你，但是我忍住了，现在我也逐渐习惯了一个人的生活，我用了很多盒的抽纸擦眼泪，看了很多的电影，也把歌单循环了一遍又一遍来疗伤，还好，最后我都放下了。

终于，你对我来说不再特别，你不再是那个可以让我难过的人了，你在我心里已经死掉了，所以我把你的联系方式删掉了，让你成为一个陌生人。

这段感情的结束，已经无从讨论谁对谁错了。我们之所以分开，只是因为我们注定是不合适的。无论其中的原因是什么，责任在谁，现在都不重要，都没有关系了，你也不用说对不起，我也懒得回答没关系。

我现在很好，没有你的日子里，我不再熬夜等你消息，也不会胡思乱想了；没有你陪我逛街，我也不会闹情绪了，我自己与自己相处得很好。对于未来，我依然充满希望，我也会期望将来还会遇到自己喜欢的人，只是那个时候待在我身边的那个人，不会是你了。

我从来就不相信什么破镜重圆，也不会因为另一半的消失而痛苦到活不下去，我看得很开，有些东西失去了就失去了，与其小心翼翼维护，不如让它碎得彻底，不能够在一起的人，终究还是不会在一起的。所以，不如我们算了吧，过去无论是谁辜负了谁，都已经过去了，既然我们已经选择了告别，那就这样吧，你走吧，我不回头。

姑娘，别再找我砍价了

你有没有遇到过这样的情况：

几百年没联系的人，突然冒泡。

以为想好好聊聊，结果开口就是：“帮我砍一刀，谢谢”。“帮帮我，0元可以领到。”

真的很烦人，帮忙点一下没什么，但是很多时候还要先关注才行。

之前被老同学拉进一个群，里面都是当时的高中同学。

刚开始那几天大家聊得还挺开心的，说说各自近况、约约吃饭，但没过几天，群里的讨论就渐渐冷了下来。

到后来，每天都是类似的消息，砍砍砍砍砍……

还有个师妹加了我，从打招呼开始，就没和我聊过天了。

后来，我开始收到她的消息，“帮个忙”，“再帮下”。

一般收到这样的信息，我都是很乐意帮忙的，可是发现她隔一段时间就找我，什么砍一刀买个微波炉，什么砍一刀买个旅行箱……当然两个人也无其他交流，聊天记录仅限这样的信息。

后来，我和她说："下次不要给我发这个了……我有点忙。"

她答我："你是谁？"

我帮你砍了那么多次，你居然还不知道我是谁！

其实我可以理解，想通过砍价来拿到心仪的物品，本就无可厚非。

但讲道理，我只是觉得这样做了得到的和失去的并不成正比。

让身边的人厌烦自己、让其他人帮忙，消耗的他人对你的好感绝对不止一丁点儿。

那也有人说，反正我跟你不熟，我就是拉你这个路人来帮个忙不行吗？

对不起，不行！

我凭什么用我的时间来帮你？

之前我拒绝了一个人的请求之后，他直接就翻脸了："你了不起啊？"

我真的是满脸问号。

我拒绝你就是我不合理？那你难为我这合理吗？

所以现在收到这类型消息我都一概不回。

我想要的沟通不是这种，而是那些会关心你休息、想知道你去哪、想陪你吃饭的那种沟通。

现在找个人能聊天真的很难很难，你拿起手机想点开聊天框聊天的人，真的越来越少了。

所以，我真的不想帮你砍价了。

不是我忙，是我真的烦了。

而且，我们不熟。

可以拜拜了。

亲爱的，请抱抱我

有一天我发完文章之后，去下楼的小卖部买了一包辣条想刺激一下味蕾，就这一会儿，就发现后台文章给某人举报了。做个迷人的反派真的是不容易，为了做一个良好市民，插图就没以前那么精彩了。

那段时间，刚好是台风天，所以我下班之后，就和肥甜去菜市场多买了一包大米和一桶食用油，然后我也就借台风天买了一些零食以备不时之需。

心想着台风要是刮大一点就好了，我就不用挤三号线去上班了，在家带薪吃零食看电视多爽。

肥甜是我大学同学，毕业之后就和我一起找工作在同一个公司上班了。肥甜这个女孩，大大咧咧的什么心事都藏不住，然后和我吹嘘了好久台风来的话怎么怎么样。

不过，肥甜的心情也不太好，因为她也分手了，绝对是水逆的原因。

那天晚上，他男朋友给她发了短信：对不起，我们就这样吧。

男人都是这样说分手的吗，忽冷忽热然后突然说拜拜了，害得我半夜陪她聊了很久，亲眼看着她哽咽着抽完一整包烟。然后我们去7-11吃车仔面。

每个失恋人都会找我倾诉，在楼梯口、在马路边、抽支烟、喝口柠檬茶，或者去7-11吃车仔面。虽然倾诉地点不断变化，但大家的心事都差不多。

我这里大概是一个收藏心事事务所的地方。

不过有趣的是，我和她们说，抽完这支烟我们就回去吧，明天还要上班，她们都会拍拍屁股，深呼吸一下然后和我说好的。

成年人的糟糕情绪都不会自动消化的，只会憋回去不断叠加继续带着生活。

坐在7-11窗边吃车仔面的时候，莫名的一阵熟悉感，然后就想起了《重庆森林》里梁朝伟也是这样在这里发呆的。

感情很多时候，无法去评断谁的对错。只能感慨，你在他的生命中，来得太早或者来得太晚都不行。

获得了喜欢，却收获不了爱情。

我记得王菲也在《花事了》中唱到：让我感谢你，赠我空欢喜。

林夕曾经写过一句歌词是这样“但凡未得到，但凡是过去，总是最登对”。那些我们未曾真正得到的人，他们终究只是一个过客，最适合我们的在下一个。

感情世界中，在最合适的那个时间，你在笑，一抬头就会发现他在看你笑。

你会突然觉得，一切都那么美好。“原来哦，你也在这里。”

往回走的路上，走到交叉口的时候我告诉她：“人与人真的讲先后顺序的，其实你没有错。”

肥甜和我说，知道了。

我打开双臂示意让肥甜过来，我大声对着她说：“快点”，看着肥甜站着不知所措，我跑过去抱了抱肥甜。我和肥甜说，你看如果你不失恋我就吃不到7-11的车仔面了，然后我就给肥甜“暴打”了。

……

我很喜欢拥抱，感觉比很多安慰的话都来得及时。

如果不开心的时候，请抱抱我吧。

借钱真的可以看清一个人的本质

看到一个朋友发的朋友圈："我求求某些人不要再装富二代了，天天发去夜店、开香槟、去旅行的照片，你还是先把欠我的钱还上吧。"

突然想起自己之前也借了好几笔钱给别人，账目零碎我本来就不大记得，加上自己脸皮薄，对方一直拖着，渐渐地就变成了一笔烂账。

后来我才相信那句话：如果你想失去一个朋友，那就借给他钱。

一开始的时候，对方热情十足，好像多年没见，分外想念。但是聊着聊着就突然说到需要帮忙，然后就是走流程地开口借钱了，拿到钱之后欢天喜地，消失很久。

等你主动联系他的时候，明明是你借给他的，却要满脸窘迫，甚至低声下气地求他还钱。明明是他向你借的，他却振振有词，高高在上。这真的太讽刺了。

之前有一次，有个朋友说是让我救急，手头有点儿紧，我当时就借了，结果对方久久未还，中途我有找他聊天，想告诉他约好的时间到了，可他却总是先发制人，故意岔开话题。

很久之后我厚着脸皮提了一下这个事，结果对方说："再缓个两天成吗？我真不是这种人，你不要看不起我。"

结果不是这种人的他，第二天就把我拉黑了。据说后来他还在其他人前面说我小气，说我这人掉钱眼儿里了。为此，我心里很不是滋味。

其实我并不是很缺那笔钱，只是被对方破坏规则的态度伤到了心。

在大学时候我有个朋友，为人仗义，身边的人找他帮忙，他从来都是尽力为之。

后来有人以车祸住院的理由向他借了好几千元，说好的过两天就还，结果竟然开始长时间赖账了。

那段时间我这个朋友真的过得很苦，借出去的是自己辛辛苦苦省下来的生活费，他也没好意跟大人提，每天只好躲在宿舍吃泡面度日。

而那个借他钱的人呢，依然潇洒招摇，吃火锅，看电影……

所以那句话是真的：身边总有几个人借着你的钱，活得比你潇洒。

很多时候我们选择相信一个人，是出于真心想要帮对方的。可是往往借完钱之后，就是一阵尴尬的寂静。

原本还有说有笑的两人，好像断了联系似的，有时候找对方聊个天也好像怪怪的.无论是谁先开口，好像要么就是催债的，要么就是就是客套一下的表面问候。

要知道很多人借钱的初衷，是希望两人的关系变得更好。但事与愿违，到最后两人关系还为此变得更僵。自己的好心都被辜负了，变成了自我感动。

所以还是那句话：钱品很大程度上就是人品的体现。

借钱出去的人，不管怎么样，他们都做到了他们最大的宽宏与善意。

而借钱不还的那些人，他们终将因小失大，为了一时的蝇头小利，耗光自己的信用和情义。不光在朋友眼里形象变得很差，而且会失掉很多潜在的机会。

我也听人说过："欠别人的钱记得尽快还上，别人欠的钱不要去计较。借钱的时候先自己做好心理准备，不指望能完整收回这笔款。所以借的时候，数目也一定是要在自己能承受范围内的。"

于是后来我也放宽心了，有些钱没了也就算了吧。失去钱只是一件小事，但是能在这件事上看清对方嘴脸，从而远离了这种人，真的比追回欠款更好。

所以后来那些很久没联系我，只是一心找我借钱的人，我是这样回应他们的：

"在吗？"

"不在。"

我不喜欢异地恋，但我喜欢你

你不在的时候，我都数着秒过日子，在干吗呢？我想你了。我每天都怀抱着小期待，期待你的电话，期待与你的再一次见面和永远不异地的那一天。一想到你呀，我的心就柔软起来。你说你来了就会告诉我，所以我只要负责好好工作好好等你就好，我相信你。

我们彼此都牵挂着对方，可又各自过着单身生活，我们不能一起看电影，不能一起吃饭，不能一起逛街，生病、难过的时候，也只能自己抱着自己，更糟糕的是，连去你的城市找你都要先预约，我们两个就像隔海相望的岛屿。你啊，一定要替我照顾好你自己。

和你在一起，就像在屏幕里养了个手机宠物，每天夜里只能隔着玻璃说着晚安，很多时候我被自己的手机砸醒了才发现，自己昨天是抱着手机睡着的。

假如有一天你突然不联系我了，我想我会陷入漫长痛苦的等待中，如果没了手机，是不是我们就再也不会有交集了。屏幕那边的你就像是藏在一个透明的罐子里，我们互相看得到、听得见，可就是触及不到。

你知道吗？一万句电话里的你爱我，比不上一句你在楼下等我。有好几次我语气平静地在视频中和你讲话，其实前一秒钟我已经哭湿了枕头说不出话了，你看我不那么热情了以为我在闹脾气，但你不知道，我正在经历的一切有多么糟糕，而我的委屈跟迫切，那头的你都不懂。

对异地恋的情侣来说，也许关怀与温暖鞭长莫及，但是冷漠与疏离却可以穿透屏幕侵袭你的全身，所以隔着屏幕，千言万语的情话远不如面对面的一句简单关怀。

我总是在想，你什么时候来？你什么时候走？为什么我需要你的时候你总是不在我身边？

我还在担心的是，是不是我在独自规划我们的未来，而你却在计划着分手，假如你对我沉默，我想我会害怕到发抖。

沉默是一切分手的开端，沉默是憧憬的悬崖。我已经见不到你的人了，你可千万不要不回我消息啊，你的沉默仿佛让我坠入深海低谷，而我对你这种窒息般的等待，只会慢慢耗干我坚守的意志，这种折磨，最残酷。

你现在已经知道我和你相爱有多辛苦了吧，可我还是愿意和你一起异地恋啊，只因我喜欢你，我愿意每天孤独地生活，拒绝身边的诱惑。我愿意这样坚持下去，因为我想和你有个未来。

我们都足够成熟，也足够理智。没有人愿意用自己的感情和青春，去赌个不确定的未来，但因为那个人是你，所以我愿意。因为我觉得你值得我等待，我不喜欢异地恋，但我喜欢你，如果可以的话，我想现在就买张机票飞去见你。

CHAPTER 3

总要习惯一个人

真的，我可以独自熬过所有苦难

和你在一起之后，感觉和单身那会儿并没有什么太大的差别。过去很多时候，我都希望你在，在我深夜反复刷新手机等你消息的时候，在我一个人拖着行李箱搬家的时候，在我独自坐在餐厅吃饭的时候，在我想要去看电影的时候，你都不在我身边。

我希望你能出现，能拉着我的手，带我去随便什么地方，可是你不在，你总是说你很忙，你说你要开会，要加班……你的事太多，而这些事总是要优先于我。

后来我也真的一个人去吃过火锅，对着对面位置上的玩偶熊，忍不住很难过，我一边吃着肥牛卷一边稀里哗啦地哭，谁知道酱料里有没有混着我的鼻涕眼泪，总之那顿饭难吃极了。我需要你的时候，你永远都不在，明明我有男朋友，但我却过着像单身一样的生活。

我累的时候，你没有给我拥抱；在下雨天时，你没有为我送伞；我生病发烧时，你没有为我煮粥；在我遇到麻烦与困难时，你总是说："我有点忙啊，你自己想想办法吧。"

我想要的幸福很简单，我不要你每天都待在我身边，而是当我需要你时，你出现在我身边就好了。可你偏偏一直缺席，还总是会用很多借口来掩饰你的冷漠，有时候你还会觉得是我无理取闹，可等我习惯了自己一个人面对所有的事情的时候，你对于我还有什么意义呢？

后来，你不在的时候多了，我哭也哭够了，也不想再麻烦你了，电灯泡我自己会换，我不会怕黑了，也不会天天等着人来哄，当伤心难过时，睡一觉就好了。

你不知道吧，有很多事情我都没告诉你。我有段时间生病了，很严重，每天一个人在医院里打吊针，邋里邋遢，精神萎靡。就是这么痛苦的一段日子，你根本不在我身边，我很委屈也只能一个人默默忍受。你说，我需要你做什么呢？

我要找的并不是一个能给我很多浪漫的人，而是一个愿意牵我手和我一起平平淡淡度过余生的人，我需要你能在我需要你的时候，陪伴在我的身边，可你不在，你做不到。你要知道，正因为一直是我一个人，倒没有什么可失去的了，我一个人熬过了所有苦难，你就没那么重要了。

你一定很孤单吧

一个人吃两个冰激凌，第二个半价；睡了一整天起床看手机，一条未读消息都没有，刷到一条很有趣的微博，不知道要分享给谁好，睡觉前想了很久，也没有什么想念的人。

吃完晚饭下楼兜圈的时候，看到一个老人一步步挪动椅子到树荫下，然后把顺手带来的凉席放在椅子上，缓慢地坐下，两眼放空地看着远处渐渐落下的太阳，拐杖放在一旁，旁边还有一把椅子，但是椅子上没有人。

忽然一种孤独感扑面而来，感觉甚是残忍。可能是因为太久都是自己一个人了，可能也因为很久没有爱过谁了，所以这时候格外希望自己能爱上一个人，至少心里有个念着的人。身为一个普通人，没有淹没在柴米油盐的庸常里，能为喜欢的人浪费一生，也实在是一种运气。

《离岛》这首歌的歌词这样写道：我是一座离岛人海边的离岛，世界和我礼貌微笑……我疏离得很舒服，不想治疗，这种距离对大家都好……

对于少部分享受孤独的人来说，大概和孤独相处也是一件趣事，是一个人的狂欢。林语堂先生有个有趣的解读：“孤独”二字拆开来看，有孩童，有瓜果，有小犬，有蝴蝶，足以撑起一个盛夏傍晚间的巷子口。其实孤独很热闹，就像一个人的狂欢。

可能像我这样怕孤独又厌倦与人打交道的人很多，所以有孩童、水果、猫狗、飞蝇，纵然热闹，到底是与另一个人的陪伴无关，所以孤单更甚。

刘若英有一首歌很好听，叫《一辈子的孤单》，里面有一句歌词是这么唱的：“我想我会一直孤单，这样孤单一辈子。”说实在的，我真的不想这样孤单一辈子，可是我又确实感觉自己真的一个人了好久好久，久到我都产生了一种错觉，以为这辈子可能也就这样了，生命中不会再出现喜欢的人了，就算喜欢，那么他也未必会喜欢自己，所以现在的我每天过着日复一日的日子，做着重复的工作，内心没有丝毫波澜。

偶尔，我也会希望有一个人出现在自己的生活里，和我有差不多的喜好，我们听差不多的歌，我们会一起吃第二个半价的冰激凌，我们会手牵手一起去看电影，我们相互吸引，赶走对方的孤独，我们会在一起许久许久，在两鬓斑白的时候，坐在两张椅子上一起看夕阳。

我才二十多岁，却越来越恐婚

我看到一条新闻，有一个孕妇跳楼自杀了，带着绝望。原因是这个孕妇肚子里的胎儿头部偏大，为了确保产妇生产时母子平安，医生建议剖腹产，可男方家属坚持要顺产，并在同意书上签下“谅解意外”。

在生产中途，产妇由于疼痛难忍，多次倒地向家人求情，说她真的忍受不住疼痛了，想要剖腹产，可男方视若无睹，依然坚持必须顺产。产妇终于带着绝望，爬上五楼，带着腹中的胎儿纵身跃下，选择了死亡。

我和身边的几个朋友谈及此事时，他们都说，每次看到这样的新闻时，都变得不想结婚了。发生了上面的事情以后，有医护人员说她曾听到产妇说过这样一句话：“没想到我选错了。”

可见她当时的心里有多么悲哀，辛辛苦苦为这个家庭孕育新生儿，却没有得到一点体谅，甚至连身为母亲的生育选择权也被剥夺。可以预见的是，即使孩子顺利降生，婆婆、老公也会把她冷落在一旁，围着刚出生的宝宝转。

没有嫁给爱情的女生究竟有多惨，这个产妇的事情给了我们答案：选择了一个错的人，真的会死人的。

现在恐婚好像变成了二十多岁女生的常态，看到微博上有人说，女孩子一定要好好努力赚钱，不然就得结婚了，有很多人转发这条微博对此表示赞同。有时候想想真是这样，结什么婚啊，手机不好玩，还是零食不好吃？为什么人一定要谈恋爱，一定要结婚？

现在很多的女生都害怕结婚，害怕自己婚后变抑郁，变成保姆，变成生育的工具，然后在平庸无趣中度过自己的一生。

以前说起爱情，我们总是一脸期待的样子，但是现在，我们却只感到害怕。我们开始接受事实：爱情是稀有的，也许它永远不会发生在我们身上。有些女孩痛经都痛到昏迷，还结什么婚生什么孩子啊，这是在送命啊，活着就好。

有人说，嫁没嫁对人，生个孩子就知道了，从怀孕到生子，是检验一个男人是不是真正爱你的最好时期。有些男人，在结婚前说完了这辈子的情话，结婚后，既不会替你分担痛苦，还会慢慢消耗掉你对他的爱。

那个自杀的孕妇，她当初自然也是欢天喜地嫁到婆家的呀，可能她选择放弃生命的时候，才明白自己终究是选错了人啊。

塞内加说过这样的话：其实不用担心，你们中的很多人一辈子都不会遇见你梦想的真爱，只会因为害怕孤独地死去，而选择随便找个人，互相饲养。

现在的我们二十多岁，但是对爱的理解更加复杂了，好像谁都不会爱谁一生，好像和谁在一起都行，又谁都不行。慢慢地，大家也开始把自己的心逐渐收起来了，不愿意在感情中投入过多的时间和精力。

恋爱时的套路无处不在，却没一个人愿意走心。以前我们还会因为感情哭得稀里哗啦，现在内心不会再有一丝波动，心脏麻木得好像停止跳动了一样。

如果哪一天我们脑子一热结了婚，谁知道会不会像那个孕妇一样，陷入无尽的绝望之中呢？我们都害怕被辜负、被伤害。有些人结婚原本是想找个人风雨同舟的，没想到人生中的大部分风雨，都是另一半带来的，自然而然，结婚也成了一件危险系数很高的事情。于是，有时候我们就想，结婚那么可怕，干脆孤独到老吧。

所以，二十多岁的我，现在并不打算结婚。我不想躺在医院的床上时，把怎样生孩子的决定权交给未必深爱自己的人；我也不想每天为对方买菜、做饭、洗衣服，却还被他当作理所应当的；我不想被一个无情的家庭紧紧套牢，以及摧残自己。我自己一个人，但至少我可以为自己做任何决定，如果是太过将就的婚姻，我一辈子单身也没关系。

爱你，让我懂得期待学会失望

即使我爱你，想为你做许多，可曾经的就是曾经的，都已经是过去式了。我觉得很多人都特别有意思，有人爱你的时候，你不珍惜非得放肆地想玩就玩、想走就走，等玩够了，又屁颠屁颠地跑回来找对方；一次两次后，你再屁颠屁颠跑回来找，发现一直在原地等你的人找不着了；接着你开始后悔，开始试图挽回对方，而你已经对他造成了很大的伤害。

我和小夕一起吃饭时，她说，以前来来回回纠缠了好多年的前任又回来找她了，对方想着要和她从头来过，而且这次挺有诚意，一副浪子回头、洗心革面的样子出现在小夕的面前。

我问她自己是怎么想的，她说没想了，也不敢再想了，得到的再失去，失去的再回来，回来的再失去，来来回回折磨得她麻木了，就放下了。

失去比得不到更可怕，因为它多了一个曾经，那些曾经，足够折磨一个人很长一段时间。

有时候，喜欢上一个人可能只需要一时，但忘记一个人却要花上一辈子的时间，那些来了又走，走了又回来的人，总有一个本事——叫人学会期待和失望，然后绝望。

对小夕的前男友来说，小夕就是那个他玩累了，想回家了，就没脸没皮地跑回来，当什么都没发生一样的避风港。但是他不知道，一直以来为他敞开的避风港搬迁了，再也不会对他敞开了。

后来，我听朋友说，小夕前任这次是真的想认认真真地和小夕过下去了，但是小夕依然不肯再给他机会，也不愿意再有什么纠缠。

我想，真的回来又怎样？曾经连头都不回的人，走了不也是真的吗？多少个夜晚，小夕以为自己快熬不下去，难过得要死不也是真的吗？难道最后他回来了，就能把一切都当作没发生过吗？或许小夕可以当没发生过，但是痛苦的记忆还在啊。

我们总是学不会长大和珍惜，总要让那个一直等待的人等了又等，最后等你的人终于走了，你才懂得怎么去爱，可是晚了。一开始的时候，我们很多人都想着就这样在一起，一直到永远吧，后来就想着算了，就这样吧。有时候想想，我以前挺爱你的，特别特别爱你，但是这事儿也算是过去了，该翻篇儿了。

太快说喜欢我的人，还是躲远点儿吧

有时候想想，人生真的太艰难了，小时候觉得自己有一个棒棒糖就很满足了，再大些觉得考试能满分就会很满意，再往后，觉得只要能和喜欢的人在一起就好了。成年了，我们就变得越来越难高兴起来，愿望也越来越大，喜欢一个人也越来越随便，爱一个人却越来越难。

不要接受突如其来的喜欢，也不要相信莫名其妙的喜欢别人，如果你真的喜欢他，了解他之后，再说喜欢他。今天猛追你的人，明天也会同样这样对别人。

小余和她妈妈给她介绍的相亲对象聊着，每天有一句没一句的，小余正想着也许两个人能走到一起。我和她说："要是好就抓紧了，别给跑了。"

这话刚说完没两天，她就跑来和我说："你知道吗？我今天下午居然在咖啡厅看到他和其他人在相亲。"

我说："不是聊得不错嘛，怎么还赶场相亲呢？"

小余摇摇头说："你是不知道，他和我没聊几天就说了他很喜欢我，还说我给他的感觉和别人不一样，问我能不能发展得快一点儿，说他想早点儿成家。现在他在那里相亲算什么意思？果然太快就说喜欢你的人通常都是骗子。"

我放下手里的手机，想了想说："他对每个人都说过这样的话吧，谁当真谁就上了他的套呗。"

有些人，不是放长线钓大鱼，而是撒网捞鱼，捞着谁就是谁。这样的人，对待感情就像玩游戏，上钩了就玩儿，玩儿腻了就说拜拜。

我现在单身久了，身边经常会有人问我是不是眼光太高了，我说不是，只是很难遇到我喜欢也喜欢我的人。其实单身久了，很多人会发现，也有很多人说喜欢你，只是他们的喜欢是动动嘴皮子、约你出去玩。真当你难过的时候，他们最多也就嘴上说心疼，所以，真的怪不得我们不喜欢太快说喜欢自己的人，又或者说，他其实是真的喜欢你，但是这并不妨碍他喜欢别人啊。

你喜欢吃什么，不喜欢吃什么，爱好是什么，生日是什么时候，手机号码是多少，他记得住吗？可能连这些最简单的问题都不知道，就会有人说喜欢你。

不是我们变得越来越现实，是我们越来越喜欢踏实的感觉，所以喜欢看得见摸得着的东西，那些有的没有的、漂浮不定的对我们说喜欢的人，连看一眼都懒得看。

原来你是我那么用力爱过的人

我们总是擅长说忘记，忘记那些我们忘却不了的事情；又擅长去怀念，怀念那些我们耿耿于怀的人，但是没关系，能被拿出来怀念的，都已经过去了。

很多人都说，一段感情结束了，就要学会放下和忘记，放下两人之间的种种过往，忘记两人之间所有的快乐与爱。但是总有那么一部分人做不到，他们既放不下过去，也忘记不了那份快乐与爱。

我以前经常和朋友出去聚餐，也认识了不少人，相处久了，他们就会说起自己的故事，各种各样的都有。

印象比较深的，是有个小姐姐和我轧马路，两个人深夜两点在路上一边走一边聊天，她和我说了她的故事：“我以前有个很喜欢的男朋友，他也很喜欢我。我们第一次见对方的时候，他说我不好看，我也说他丑。但是后来他追我，每次一见到我就会问‘我可以亲你一下吗？我可以抱一下你吗？我可以拉你的手吗？’每次我都会说不可以，但是每次他还是会亲我、抱我、拉着我的手。

“再后来我们就在一起了，在一起的那段时间，我们过得很开心也很幸福，和他在一起，无论是吃饭、看电影还是单纯地待在一起不讲话，我都会感觉非常快乐。”

“我删了很多没必要的‘朋友’，我们还认真地规划了未来，一起想象婚后的生活，想象往后的一日三餐，我被幸福的未来围绕着，但是半年后，他家里让他出国留学了。他走的那天，我把他所有的联系方式都删了，然后哭了一个晚上，他就像一个骗子一样骗走了我的心，带走了我所有的幸福、快乐，还有对爱情的信任，我又回到了以前一个人的日子。我身边没有了他，也不会再有他了。”

快到家的时候，她又说：“我特别想他，真的特别想。”

我问她：“想他，怎么不去找他？”

小姐姐说他现在应该有女朋友了，她又何必再去干扰他现在的生活呢。

有首歌唱道：“用力爱过的人，不该计较。”我想，用力爱过的人，不该去想念。

物是人非，过去的都过去了，我们想那么多，怀念的也不是那个人，而是那时的感觉。如果一段爱情让你丢掉了爱人的能力，那绝对不是场好爱情。如果你再投入下一段感情，依然能如鱼得水地去爱，那肯定又有人质疑你对上一段感情的真心了。但是，我又觉得爱情这种东西，它是自己的，管别人怎么说呢，过好自己的生活不就可以了吗？

所以说，人在这个世界上是很矛盾的，错过他的人是你，想念他的人又是你。既然分开了，还不如相忘于江湖，笑看爱与仇，谁也不要想起为好。

我真的看不得你哭

有一次，我情绪特别崩溃，大街上又不敢一个人哭，就随便拨通了一个电话，是一个男生接的，他没有挂，而我什么也没说，就一直对着电话哭，然后他说了一句“你别哭，我抱不到你，我真的看不得你哭”。

这段话是在我表妹的QQ空间里看到的。

所爱隔山海，山海不可平。半夜三点的朋友圈，有可爱的小姑娘绝望地写：我的想念翻山越岭，还没到你耳边恐怕就被风吹远了。

明明有一个人能在你难过不堪的时候，化解你所有的烦恼和不安，可他离你太远啦，所有的安慰都不能悉数送到你身边。你因为怕他担心，更因为无能为力，于是你隔着手机屏幕朝他挥挥手：“我没事，我可以的。”

我的一个好朋友柚子，就有这样的切身经历，她说当时他说的一句“别哭啦，我抱不到你”给她多少坚持下去的勇气。

他们异地恋五年了，有一次她发烧39℃，整个人烫得像刚下锅的虾子，她自己盖着被子都能感受到从里往外冒的热气，柚子崩溃地给男友打电话，哭得说不出一句完整的话。那个时候柚子整个人迷迷糊糊的，只感觉男友在屏幕那边又焦急又无措，然后听到他低低的声音说“别哭啦，我抱不到你”，说着说着他倒是在那边哭了起来。

“我说你没烧糊涂吧！”她笑说后来问他当时是不是哭了，他还满口否认，明明听到那边抽泣的声音，太可爱了。

我知道，异地恋最心酸的大概就是无可奈何，明明是有男朋友的人，但是因为总是一个人，硬生生变成女汉子。赶上过节，身边人出双入对的时候，只有自己孤零零一个人。

我生病或失落的时候，你的关心永远无法及时赶到。明明一个拥抱就可以解决的问题，可我们偏偏就是抱不到。微信的对话传递不了情绪，电话也感受不到彼此的温度，却因为想和你在一起，我只能耐着性子慢慢熬。

可能也就是因为异地恋吧，更多时候，温暖和惊喜都会放大，所以现在这一点儿心酸好像也能被原谅。见面的时候两个人会加倍珍惜在一起的时光，不见面的时候，他们也会为了两个人的未来，一起慢慢努力，所以为了能够长长久久地在一起，现在的辛苦不算什么，心酸也只是暂时的。

虽然我哭的时候你可能抱不到我，可是总有一天，你会一直一直抱住我，想跟你一起，去有你的未来。

失去了，我才发现你有多好

朋友失恋了，3天瘦了11斤，从南到北飞了过去，还是没有结果。

我发消息对他说："你何必呢？"

那时的他在女孩的所在城市，他听说女孩病了，却不知道对方在哪里治疗。

他一家医院一家医院，一层楼一层楼地找，找到的时候，女孩不在医院了。

他一边收拾她的床铺一直哭："过去都是她给我收拾的，现在我才知道，自己叠被叠得那么糟糕。"

人是从什么时候开始一瞬间长大的呢？

大概就是突然明白，纸揉碎了就恢复不了原状，人离开了就再也回不来的时候。

在感情火热，你喜欢他，他喜欢你的时候，你们根本没想过，这一切会结束。

可是当两个人的关系走到某个节点的时候，突然就戛然而止了。

你会后悔，你会遗憾，你会不知所措……

有太多的话与爱在心口难开，有太多的拥抱想给他，有太多以前想去做的事还没开始。

但是，已经结束了啊。

所以我觉得，趁彼此还喜欢，还能懂对方，也愿意倾听对方心里话的时候，好好地聊一聊吧，把自己对他的喜欢与思念，都告诉他。

等到彼此关系破裂了，就再也没有那么相谈甚欢的氛围，热情对视的场景了。

你别不信。

从来就没有什么是坚不可摧的，爱情不过是心甘情愿的你修我补。

珍惜这个词，听起来一点儿也不高大上，小孩子都明白。但是理解起来，却要穷其一生，遭遇各种难过与煎熬。

所以，拜托你别去想那最后一张船票，也别去想什么时候才是那班末班车。

你爱他的话，就好好珍惜，好好和他拥抱。

花更多的时候来说：“对不起”“谢谢”“我想你”“我爱你，你呢？”

原来有些爱情是没有开始的

我从一个朋友那里得知，原来有些爱情是没有开始的。

我在很早的时候就说过，喜欢一个人，对方多看自己一眼，你那心头便涌起万般柔情，整个人变得溃不成军，但我后来一直也没说，也许有些人，永远也等不来喜欢的人的一个眼神。

那个朋友和我说，容易被辜负的永远都是那些天真又心软的人，因为你好骗又好欺，而且伤疤一好，你就忘了疼。不可否认，爱情里，很多人都是如此。

很久之前在网上看到一句话："我已经无奈到要在网上找不爱你的方法了，所以再等等吧。"其实，对感情，有些人明明知道只要停下来，就是止损，但依然学不会放弃。

我一直觉得这一类人都好傻，真的，但从来没人说过，有时候不是这个人太傻，而是另一些人一句“在吗？”就能让他溃不成军。就像我朋友，她会因为对方冲她笑笑，瞬间心软，她的备忘录写满了很多很多想对那个人说的话，里面有“你最近过得好不好”“很想你”“像疯了一样想紧紧抱住你”……

当然，还有不知道从哪里抄来的话：“不能占为己有的就不要，再好也不要、再爱也不要、再喜欢也不要，要离开、要绝别、要老死不相往来。”

她说每次一有不想放弃的念头时，就拿出来看一遍、念一遍，告诉自己不能没有尊严，但也有很多时候，对方一个稍微温柔的眼神，就能让她放弃好不容易下定要离开的决心。因为没有人愿意放过任何一个对方主动找你的机会，大部分人都对这样的机会满怀期望。你看，其实还是有很多很多人想放下的，但一直以来都是对方不想放过我们呢。

也许一颗心会不断爱别人，但总会有那么一个人，会埋藏在你内心的最深处，深得连你自己都不知晓的角落。你输了自己，要一个不爱你的人又能如何？

这世间最没用的就是一个人不爱你，你还对他爱得疯狂，又舍不得放弃。其实，我觉得，爱情也不是没用的，没用的是你从来不愿意放弃一个不爱你的人。翻篇吧，好不好都放过那个天真又心软的人吧。往后余生，要么一起吃早餐，面对面互道晚安，要么老死不相往来，就这么简单。

你的选择真的明智吗

大概很多人都有过这种困扰，和朋友聊天的时候，总有说不完的话，再小的话题，也可以扩展到宇宙那么宏观。但是在喜欢的人面前，我们却总是会觉得自己情商骤降，自己笨得像个手足无措的孩子。尽管我们费尽心思，想要营造出一种和他相谈甚欢的感觉，但事实上，和他已经处于十分尬聊的境地了。

我们时不时关心他是否吃饭，又在哪玩。我们一直自导自演、自说自话，得到的却是对方“哈哈、嗯嗯”的回答，这真的很伤人，就像在心脏上浇了一桶冰水。

其实我们已经察觉到了，他并不是那么不解风情，也不是嘴笨的一个人，他频繁地把天聊死，只是因为在他眼中，我们并不有趣，也不讨人喜欢。

李宗盛这样说过：“旧爱的誓言像极了一个巴掌，每当你记起一句就挨一个耳光。”如果是这样，每个人都会在结束一段关系后被疯狂打脸。那个人在我们的思念里死过一万次了，但我们一句话也不会向他说。

我被一个很温柔的人爱过，有过一段非常美好的恋爱体验。我第一次发现连牵手都那么快乐。和他吃的每一餐都特别开心，不管是人均几百的大餐，还是街边的小吃。我们就算从早到晚一直待在一起，也不会腻。

我们会一遍又一遍地逛小区附近的公园，不错过每次可以拥抱亲吻的一分一秒。当我碰到棘手的事情时，他做的第一件事不是安慰我，而是问我事情的经过，详细地帮我分析，说完再一把抱住我，深吸一口气说：“我的宝贝这么棒，一定可以解决的！”我瞬间就没有脾气了，只想抱着他转圈圈，想一口口“吃掉”他，让他融化在我的生命里。

可是后来呢，不知道为什么我们之间的感情就淡了。我们之间变得剑拔弩张，为了一句“你爱不爱我”会争论一千一万遍，我们吵架吵得越来越多，有的时候吼到整栋楼都听得见。我感到疲惫，疲惫到一遍遍问自己：恋爱为什么会变成这样呢?

爱情最可怕的是厌倦，但是我不服输。这么默契的恋人，我怕我以后的人生再也不会遇到了，所以我像一个迟迟不愿离开战场的战士，举着剑，心里全是不甘、迟疑、犹豫，还有陌生，带着我被狠狠践踏的自尊。

狼狈到我朋友都看不下去的时候，她对我说：“醒醒吧，他不爱你很久了。”

没错，爱不讲道理，不爱则更是。知道他不爱我这件事只需要几秒的反应时间，而承认、接受他不爱我的事实要花好长时间。后来我终于认清事实，然后果断地起身，告诉自己一切都结束了，也许这才是最明智的选择。

熬夜和想他，都戒了吧

现在越来越多的人习惯熬夜了，有些人也说不上来这是为什么。可能是神经衰弱，也可能是有心事，也有很多人是没等到喜欢的那个人的一句晚安。

有人说，每一个晚睡的人，心里都有一个想要聊天的对象。你不一定会经常找他聊天，但你知道他也很晚才睡。你看到他发朋友圈了，给别人点赞了，你明明知道他现在还在刷微博、看电影，但你就是不敢给他发消息，只是盯着他的头像犹豫很久很久。

有人给你点赞，找你聊天，但你一个都不想搭理，只是回复他们说自己就要睡了，然后礼貌性地说一句晚安，因为你只想跟他一个人聊天，而他却对此一无所知。

慢慢地，你开始觉得，自己之所以熬夜，是因为已经习惯了和他聊天到深夜，可后来因为种种原因，他再也没有找过你了，明明那个时候聊得火热，但在现在看来，好像什么都没有发生过。

你好几次编辑了一大段的消息，想告诉他你想他了，可是你犹豫了好久又删掉了。跟他说话需要莫大的勇气，你害怕他觉得你太主动，所以你在等他主动找你说话。

你以前听别人讲过的，男生喜欢一个人都是很直接的，如果他喜欢你，他一定会找你聊天，但他没有，你也知道理由。到后来你咽下了所有的心里话，把想说的重点词都划掉，只留下一句："你在干吗？"

你有时候会觉得自己很矫情，明明把对方摆在自己心里那么重要的位置，却被对方忽冷忽热地对待。你有时候很生气，想说，他凭什么啊，但最后却又还是把自己不满的情绪悄悄隐藏起来。这种感觉真的很让人窒息，却又找不到有什么解决的办法，只能自己一个人默默地熬夜。

说真的，千万不要在深夜跟喜欢的人聊天，因为人在晚上的时候总会变得感性和脆弱，那些不切实际的想法总会在你心底里疯狂且肆意地生长。所以每到夜里，你可能会情绪化地发出很多让你后悔的消息，到了第二天，自己翻翻聊天记录，只会尴尬到想钻地缝。

我听一个颇有经历的朋友说过一个如何让生活变得美好的诀窍：控制自己的情绪，不要找他聊天，好好睡觉，像一头冬眠的熊。你可以试试看，把熬夜和他都戒了，关上手机早点睡，过几天，你会发现这个世界并不是非他不可。

为了避免结束，你避免了开始

有一段时间，一个街头采访视频火了，视频中，一个工作人员问小姐姐："你觉得男人一个月挣多少工资可以养活你。"小姐姐很腼腆地说："只要他能带我吃饭就好。"几句简单的对话，她瞬间在网络爆红，引得各个男生对女生心动起来。

一夜之间女孩的微博疯涨几百万粉丝，甚至有很多人坐上飞机要去成都娶她。有人说，喜欢这个女孩的大部分男孩子都是没有志气的，想空手娶别人，管饱就够，也有很多人说并不是，大家只是喜欢这样一个愿意与自己同甘共苦的对象。

大概是因为现实太残酷，所以女生的这种简单要求容易引起他们的共鸣。确实，有些时候男生会遇到物质女，女生会遇到人渣，经历过一次次的挫折，我们对爱无能为力。顾城的《避免》有一句话："你不愿意种花，你说：‘我不愿看见它一点点凋落。’是的，为了避免结束，你避免了一切开始。”

有些人嘴里说着不谈恋爱，其实是被人伤怕了，所以宁愿不谈恋爱，也不想再被人伤害。每个人想要的爱情很简单，只要你爱我就好了，可是你也清楚，这太难了。即使有一天有人真的爱你，你也会选择不敢去相信。

本来我想写的主题是，你图什么不好，偏图一个人对你好。但不知道是不是近年的经历让我改变了想法，我开始不会对别人要求什么了。

我朋友问我喜欢什么样的男生，换作以前，我可能会喜欢一个很阳光、有六块腹肌、长相英俊的少年吧，可现在，我想找一个和我聊得来，能和我一起为生活共同努力的人。和他一起探索更多未知的东西，才会一直保持新鲜感。

以前我们不知道自己真正喜欢什么，所以要求都是很表面的东西，现在知道了，不图钱，不图房子，不图他帅不帅了，反而更难遇到那个对的人了。

以前一个人的时候，穷得理直气壮，现在，你害怕穷了，你害怕以后的另一半会因为你受苦。以前的时候，你以为爱一个人是取悦他，现在你知道了，爱一个人之前，你要懂得学会取悦自己。

你总说想要真爱，可是你连怎么爱别人、怎么维持一段感情都弄不明白，还说什么呢？当你恋爱不是因为无聊、不是因为孤独才谈的时候，当你恋爱不是为了获得钱、房子才谈的时候，当你恋爱不是为了生活需要才谈的时候，你的真爱便会出现。

你那么懂事，一定很辛苦吧

已经越来越怕听到“你要懂事”这句话。

小时候，我想要的东西被拒绝、被剥夺，大人的理由往往是“你乖”。到后来，很多我看着发馋的东西，我也不敢去说去要，因为我要懂事。

“猪洁，你要懂事”这句话，就成了我控制欲望本能的一句咒语。

其实很多人都是这样，懂得照顾其他人的感受，但在不经意里忘了考虑自己，导致自己过得很累。

刚刚那句话该不该说？

对方听了会不会不高兴？

对方是不是会对我不满？

你总是担心会给别人造成麻烦，会让别人感觉到难堪，却从来不知道，也许别人从来没有为你想过。

懂事，这件事本身就意味着牺牲。

一味顺从，到最后你连自己喜欢什么讨厌什么都搞不清楚。

那些说你不懂事的人，只是因为你没有按他想要的方向前行。

他要你懂事，只是要你顺遂他的意愿罢了。

《请回答1988》里说：懂事的孩子，只是不撒娇罢了。

只是适应了环境做懂事的孩子，适应了别人错把他当成大人的眼神。

懂事的孩子，也只是孩子而已。

大家往往都只看到懂事的人有多好沟通，却从来没有考虑过让他懂事的原因是什么。只是给他施加压力，绑架他的善良，却总是忘了他一个人的时候有多孤独难过。

我真的替这些懂事的人委屈。

所以，有时候我真的希望你们不要那么懂事。

我宁愿你们自私，冷漠一点，我宁愿你们更洒脱，更不受控制一点。

你要敢和不同的声音抗衡，你要知道自己想要什么，你要毫不妥协，不委屈自己。

懂事的人，过得真的太辛苦了。

有很多时候你都不必去逞强，你应该大胆地说：“不，我不想。”

其实很多时候真正过得开心，是在放下了所谓的自尊心之后。

希望下次有人对你说“你真是个好人”你可以回答：“不，我是个坏人，很坏的人。”

我还喜欢你

有的人欣喜若狂，是因为遇见了对的人；有的人心满意足，是因为有人给了他一个期待已久的拥抱；有的人夜晚好梦，是因为有人向他道了晚安。可有的人却是另一个样子，这样的人在感情里会时常害怕失去，害怕喜欢的那个人的温度从指尖流失，极度想拥有对方，却又害怕在某一瞬间弄丢他。

那种缺乏安全感的感觉，让你无法感受到恋爱的甜蜜，让你变得既敏感又心软。别人随便的一句话，你都要胡思乱想一整天。曾经小心翼翼地陪在他身边想尽办法让他开心，你小心翼翼地维护这段感情，最后小心翼翼地离开。

斯人若彩虹，遇上方知有。有人喜欢彩虹绚丽如斯的美好，而你却担心它转瞬即逝的现实。你每一个举动都要瞻前顾后，时刻照顾着他的情绪，生怕一不小心会被他嫌弃。你看上去总是忧心忡忡，有时候你怀着满心爱意，发现他毫无察觉，你就变得紧张不已，因为你在乎他，所以你觉得再怎么对他好都不够。到后来因为种种原因你们分开了，但是你却还是活在那种漫无边际的煎熬里。

我大概这辈子也没那么固执过，明明你说不爱了，我还抱着一丝丝的希望，等你回头再一次说你喜欢我。每一次我打算放开你时，你的一条信息又把我击溃了。

我真的很讨厌现在的自己，想放下你又想厚着脸皮和你复合。我总是对自己说可不可以狠一点儿，再狠一点儿把你忘记。一定有很多女孩子都有和我一样的经历，我的朋友小婷就是这样的。

“我们分手大半年了，但是他还是会和我聊天，关心我的近况，有时候我觉得我们还没有分手，好像还在热恋的时候。”小婷叹了一口气和我说着，“他好像还喜欢着我吧，我觉得还需要再等等。”

我对小婷说：“你不如今晚果断点，再问他一次，看看你们能不能从头来过。”小婷犹豫了很久，沉思后点了点头。

第二天，小婷发了很多信息给我，其中一条是，“哈哈哈哈，他和我说，他有女朋友了。”女生的第六感也有错的时候，你觉得他还对你存有留恋，但他可能已经转头喜欢别人了。

很奇怪，恋人们分手后都会把最美好的回忆保存起来，却忘记分手时吵得你死我活的样子。喜欢你的感觉在我这里温存太久，以至于我忘记我们之前是怎么闹翻的。如果再给我一次机会，我也许还会这样，这种感觉真的太难受了。

我以前很酷，也没有爱情

爱情本是件很不酷的事情，但我们总是被迷得瞎了眼，自以为很酷，到最后才发现其实一点都不酷。

在很努力地喜欢了一个人后，没得到结果，知道那是一种什么感觉吗？

就好比，我逛商场看上了一件很喜欢的衣服，但是因为昂贵的价钱，我需要每日每夜的攒钱，而当我挣够钱去买时，发现这件衣服已经被别人买走了。

这种感觉就像和用心喜欢过的人分手一样，失恋后，每次都会觉得好的爱情，不适合我，也不会被我遇到。

这世界有很多好的爱情，也有奋不顾身的爱情，但都不是我的。

很多时候也不是不相信爱情，只是觉得爱情和自己无关，也不相信降临在我身上的爱情是从始至终的。

想想以前的自己真的很好，心里没有要想的人，也没有要挂念的人，有的从来都是怎么把自己过得更好。

每天都很忙，忙着工作，忙着加班，忙着写稿件，忙着挣钱，然后再忙着给自己花钱。

有酒喝，有局走，有心玩，有地儿去，玩得也理所当然，也是从那时候起爱情和我好像就是绝缘体，从来没有在我唾手可得的位置，没想也没求，过得却很酷。

讲真，我以前很酷，也没有爱情。

有钱傍身的时候可以过得很开心，但有爱情的时候不一定过得很幸福。

大k单身的时候，过得也很酷，比我还要酷上百倍的那种。

因为工资方面就远远地把我甩在后面。她可以拿着高我好几倍的工资，来一场说走就走的旅行，住当地最好的酒店，也能一口气在专柜买上万的包包和衣服。

不过到后来，她依然能买很多上万的东西，只是不是给自己，依然每月花很多钱，只是不是给自己，因为她遇到了爱情。

再到后来，相隔10公里的距离，他生病发烧，她请假给他送药、熬粥，照顾他，却抵不过一次下雨天公司的姑娘给他递的一把伞。

爱情会把一个人变成什么样子呢？

大概是卑微吧。

当然，变得卑微的爱情从来都不是好爱情。

多了一个人或许会更好，但是没了也不会变的不好。地球一直在转，日子每天都在过，谁没了谁不都是过，我们又何必总纠结要走的人，什么时候回来。

如果爱情让你变成讨厌的样子，你要知道你一个人依然可以过得很酷，就算身边的人们出双入对，你也不要跟风学什么谈恋爱。

一开始就没有结果的爱情，就不要开始，因为最后不好过的还是你自己。

酷不酷和爱情无关，但是有爱情后肯定会变得不酷。

再想你，也要戒掉你

我常说，老林是个很会装的人，因为她还在想念一个人，但她从来不会说,再想念那个人也只会在心里憋着。其实也很好理解，毕竟想念这回事看不见摸不着，那个人也不会知道，用来打发难熬的时间，没有实用价值，只会让人越发矫情，加倍痛苦，我受过苦我知道。

但事实上呢，老林的时间分配得很合理，白天上课，晚上洗澡、敷面膜、吹头发，然后躺在床上玩手机。大部分时间她会跟我聊天，带着调侃又不正经的腔调说白天遇见了一个小哥哥，要到了他的微信，但是碍于面子又不想先给他发信息。

有的时候她会看知乎、看豆瓣、看朋友圈爆款文章，然后时不时地转发一篇，以显示自己最近有在关注国际政治、社会百态，和我们聊天聊累了，就在群里跟其他小姐妹们道晚安，还劝她们珍惜睡美容觉的时间啊，要不胶原蛋白都熬没了。她道完晚安其实也并不会睡得着，只是象征性地跟世界暂时告个别，这时候才有空思考人生、思考理想。

这时候她就发现，人类要睡觉的终极目的，原来就是为了阻止自己大半夜瞎想，生活禁不住琢磨的，一琢磨就觉得很苦。

为了让自己开心点儿，也为了让自己不想太多，老林开始看美剧，乐得打战的时候发现自己已经多吃了两包薯片。等睡觉前的一切活动结束，真真正正闭上眼睛的时候，却发现脑海里第一时间就浮现出那个再也不可能在一起的人，这样的感觉真是太讨厌了。

想念那个词明明在喉咙边了，又生生咽了下去，但谁知道呢，它沉下去，就浮在胸口的位置，一到深夜就嗡嗡作响。

可是成年人都怕尴尬，说出来没有用，就算得到了回应也不会开心，明明注定要失败的事情，一句我想你，不说也罢。心上人就像天上月，惦记着也没有用，太遥远了。

好像谁心中都有过这么一个人吧，那个手指来来回回点开通讯录，却不敢再说一句话的人。爱情电影里面有人问：“有比受爱情煎熬更惨的事吗？”我的答案是，“没有！”

CHAPTER 4

远方值得期待

我要的是毫无理由的偏心和宠爱

我们小时候总是嚷嚷着要快点儿长大，好像只要长大了就能成为所有人口中懂事的孩子。而现在的我一度问我自己：这不是你梦寐以求的长大吗？现在怎么愁眉不展？好像一切，都和我想象中的不太一样。

十六七岁的时候，我总希望像大人们一样谈场恋爱，还幻想着能和他一起乘风破浪行天下，可越长大才越知道，自己只想被当作小朋友一样地宠着。以前哭着哭着就笑了，现在笑着笑着就哭了，以前不懂的事，现在自然而然地都能想明白了。

小希买了一支心仪很久的口红，三百多元，她也就这一件化妆品算贵一点儿，而她男朋友知道后却数落起她："一支口红三百多元！你就这样买了？你真是不把钱当钱花！"小希觉得挺委屈的，就反驳了一句："我用我自己的钱买的啊，又没花你的钱。"

结果他男朋友却很严肃地站起来对她说：“对，用的确实不是我的钱，但这好歹也是你辛辛苦苦上班赚来的吧，你能不能别像个小孩子一样啊，能不能懂事点儿？你怎么这么虚荣？”听了这些话后，小希直接提分手、拍桌子走人了。

对啊，我和你谈恋爱就是想做回小朋友的，不是让你来说我这里不好、那里不好的，我要的是毫无理由的偏心和宠爱，而不是一个只会讲道理的老师。哪怕我是个酷酷的人，但我依旧希望你能过来抱抱我，让我别那么坚强了，告诉我你会牵着我的手，带我回家。

其实是这样的，不管一个女生年龄多大，不管她是混世魔王还是小公主，心里总会多多少少有些少女心的。就好比我自己，小时候想集齐一整套芭比娃娃，想着灰姑娘的情节也会发生在自己身上，长大后的我变得不拘小节、随性潇洒，但见到你时，我还是会很害羞。

谁想要故作坚强的恋爱啊，作为一个女孩子，我只想被宠成会哭鼻子的小孩子。你会给足我安全感，让我知道，就算有一天我要面对整个世界，你也一定会一直站在我身后。我拥有着毫无理由被你偏心和宠爱的特权，如果要给这种特权一个期限，那最好是这辈子，下辈子和下下辈子。

我不想当混世魔王了，我也不想再当小公主了，我只想要被你宠爱着。

和话痨谈恋爱，才知道爱情有多甜

其实我是个话不怎么多的人，所以一直很羡慕那种话很多，又勇于表达自己内心想法的人。每次遇到喜欢的人，我常常不知道该怎么和他交流，哪怕我心里有十分喜欢，能说出口的大概只有两分。我真的好羡慕别的情侣总有聊不完的话题。能和话痨谈恋爱，一定很甜。

和话痨谈恋爱，你永远不用担心会冷场

你总害怕和别人聊着聊着，就突然安静了，但是和话痨在一起，你就完全不用担心啦。因为他可能根本就不会让空气安静下来，他前一秒和你聊，你今天穿的衣服真好看，下一秒就会问你，要不要一起去看新上映的电影。哪怕你突然不知道该说什么，可是话痨永远有一堆想要和你说的话，你只要顺着他的话往下接，根本不需要担心会冷场。

话痨遇到事情，懂得怎么去沟通

如果两个人都很闷的话，那么一不开心就容易不说话，两个人都不说话就变成了冷战，冷战是杀死爱情的猛药。所以冷战，也是两个人处理感情问题中很差劲儿的解决方法。和话痨在一起，你们就不会冷战。因为话痨什么事都要说清楚，就算你不开心，他也要先明白你为什么不开心，所以话痨遇到事情，知道怎么去和你沟通。

话痨能够更懂你

他什么都会问你，和你有数不清的共同话题，他会在和你的谈话中发现你的喜好。话痨能够轻而易举地知道你喜欢什么、讨厌什么，他会避免去聊你不喜欢的话题。可能有些你说过的话，你自己都记不得了，但是围绕在你身边的话痨，一定会替你记得。

话痨不会让你有猜忌、多疑的负面情绪

身为一个话痨，他一定每天事无巨细地向你汇报他的日常，把他身边的

事情一五一十地讲给你听。你既不用担心他会离开你，也不用担心他会招蜂引蝶，他能在最细微的小事上给你最重要的安全感。

话痨一定超在意你

哪有人天生就是话痨，不过是因为和你在一起有说不完的话罢了。没有人可以时时刻刻当一个精力充沛的话痨，但是在你这里，他愿意把所有的事情都说给你听，因为你对他而言真的很重要。

他或许不擅长哄人，但是他一定会了解你不开心的原因，然后去解决所有的问题；他或许还有些孩子气，但他能够把所有的热情全部给你。如果你觉得你身边有个关心你、愿意把他的所有生活都分享给你的话痨，那么他一定超级在意你。

为什么越来越多的人选择爱上“小奶狗”

想找个男朋友，像是只小奶狗般可爱。他高出你一个头，可以替你挡风、挡太阳，但有些时候，他也会找你撒娇腻歪，你也拿他没办法，因为他就是这样一个小朋友。

有句话是这样说的：“恋爱的男人就是孩子，心无旁骛得像傻子。”尽管有时候他也很幼稚，会踩到你的雷区，让你不想搭理他，但其实他在用自己笨拙的方式，很努力地爱着你。

他小心翼翼，时刻在意着你的感受，他对待你的温柔程度，就像是用筷子夹豆腐时的那种感觉。你出门怕你冷着了，你赖床怕你饿着，你生病了，他二话不说就把你背到医院，给你挂号，陪你打点滴，甚至你都没哭，他就哇的一声哭出来，因为他实在太担心你了。

别的女孩子找他聊天，他都是很高冷的，但唯独在你面前，他不冷漠，也一改直男的状态。他会很惊喜地给你变出礼物，也会在你生气的时候读懂你的心情，他愿意为了你改变，变得更讨你喜欢。你什么时间找他，他都有空，就像24小时营业的便利店。你给他发消息，他都是秒回；你想吃的食物，无论是小龙虾还是比萨，他都会很快就送到你面前。

他真的非常喜欢你，不是偷偷地，他会大大方方牵着你的手，把你介绍给他所有的朋友，他喜欢你这件事，就是要让全世界都知道。《爱你就像爱生命》里有这样一句话：只要你还在我身边，我就想对你好，别问我为什么，我也不知道是为什么。

他有什么喜欢的，看到什么好的，第一时间想到的都是你。哪怕是一支觉得好看的牙刷，他也会买下来给你，因为他真的很喜欢你啊，你的一切他都很喜欢。每天才几个小时没见，他就到处要找你。看到你的消息，他就怎么也控制不了笑容。因为喜欢你，跟你闲聊他都觉得有趣，因为喜欢你，所有事情都想告诉你：

“这部电影真的好好看。”

“路上见到一只猫，怎么这么可爱。”

“打算给你买两个蛋糕，想吃什么口味？”……

他想和你一起下厨，一起吃饭；一起在雨天打伞，一起听喜欢的歌；一起去环游世界……

他把你当孩子宠爱，你把他当枕头依靠。和你在一起之后，他的眼里全是你，他真的一点儿都不介意把你喂胖，也不介意你半夜突然醒来说好饿啊。他一定会裹上衣服，就陪你去吃火锅；或者给你下厨，做一份蛋炒饭，因为他超喜欢你吃东西时那种满足的眼神。你可以随时扑倒在他的怀里，紧紧地抱住他，也可以毫无顾忌地去跟他说：“我想你了，我又想你了，我真的好想你！”因为他喜欢你这样对他讲。

在他的身边，你不用刻意地掩藏你的情绪，也不用有任何的心理负担。你想笑的时候，他会陪你一起笑；你想哭的时候，他会给你拥抱。过去你觉得全世界即使有六十亿人，但你也遇不到属于你的那个人了，但遇见他之后，你觉得全世界有他就足够了。

原来喜欢上一个人，真的就是愿意用你的一辈子去喜欢他。即使只有两个人也好，每天都过得开心，一屋两人，三餐四季。人生谈一场这样的恋爱就够了。

我知道我只能永远把你放在心底

“为什么？你还在等谁？”这是我提出分手后，你问我的问题，然后不知道我哪抽住了，很多天后的一个晚上，我就突然很想把我日日夜夜的想念告诉你。

“复合吗？”三个字，我打了删，删了打，记不清多少次以后，我鼓起不知道从哪来的勇气，下定不知道从哪来的决心按了发送键发送给你。

后来呢，也没有后来了，你整整一夜没回我。

我设想了很多种可能，你是不是没玩微信？你应该没睡醒吧？你应该在上班没看到，你会不会没网了，你可能手机坏了。一直没等到你的回复，我就睡着了。

那天晚上我一夜的梦都被你承包了，手机要是有一点动静，我就迫不及待地去解锁查看，结果可想而知，都不是，你发了朋友圈，但你没回我。大概抱残守缺才是我做过最傻的事情吧，你又没有要求我如何如何，我竟莫名其妙地为你如何如何。

我相信你也知道那不是我醉酒后的撩人话，也不是我遇到很多人后还是觉得你最好的回头话，那只是我离开你以后思考很久的结果。

我爱喝矿泉水，奇怪的是每次去超市买水，在饮料冰柜选半天犹豫不决，最后还是会拿一瓶矿泉水，就好像是我在外面遇到的人再多，绕了一个山路十八弯，心底还是你。

我也不知道有多喜欢你，我只知道遇到你之前，我只想一个人单枪匹马去闯江湖，看看这五彩斑斓的世界。可是遇到你之后我觉得江湖太远了，我不去了，我爱上了陪你吃饭和你一起生活，可你却离开我了。

我从没那么明确地问过你，我们是否还能继续在一起，就连这仅有的一次，也是我经历了无数次犹豫后发给你的，唯独怕你看到后嫌烦，把我的联系方式都删掉。关于想你这件事，躲得过对酒当歌的夜，躲不过四下无人的街。

你是我想在耳边碎碎念的人，你是我想在下雨天和你去狂奔一场的人，你是我想一起迎接世界末日的人。

我本可以耐得住一个人的孤独，是你给了我一个乌托邦式的爱情，你是我对纯粹爱情的寄托，奈何我现在扑了一场空，落得空欢喜。

不是所有的感情都能失而复得，就像我和你。大概也只有天知道我有多想你。我问你复合吗，不是这天想复合，而是这天我憋不住了。怎样都好，你别不回我。就算不行，我也还是想听你亲口说不可能。

这种男生，最不适合谈恋爱

有人问我，温柔的感情是怎样的，我脑海里总会想起小时候看过的电影《重庆森林》的镜头：金城武饰演的角色在女生睡着之后，轻轻地为她脱去鞋子，并小心翼翼地用自己的领带把女生的鞋子擦干净。我当时觉得这个男主角好温柔啊，这样的男生一定很成熟，等我长大了也要谈这样成熟的恋爱。后来，我才知道，成熟和年龄无关，而跟一个人的经历有关。

很多人说，在一段失败的感情里，那些失落感和无助感会伴随着时间慢慢消失，我们除了收获一段失败的恋情，也会收获全新的自己：变得成熟。渐渐地，我们对待感情都会变得淡然。

很多人分手，都是因为对方太不成熟。十八岁的时候，我们不会考虑那么多，长得好看就会去喜欢；个子高、唱歌好听也会去喜欢。那时候我们觉得开心就好，太成熟反而觉得不可理喻。不过现在不行，二十多岁的我们，肯定不能只谈那些看似浪漫却不成熟的恋爱，可能一天两天很开心，时间久了就累了。

好朋友小柴跟我吐槽："气死了，他怎么还是那么幼稚啊！"她男友毕业好几年了，还是小孩子脾气，工作不顺心了就闹辞职，遇到委屈了就和家里人吵。小柴让他和自己一起去买菜的时候，他嘴上也嘟囔着不愿意去、嫌麻烦的话。她男朋友不光在生活上这样，爱情里也是。

有时候两人斗气儿了，他也从不低头，他可以在前一晚上说尽狠话，第二天却装作没事人一样对待小柴。他还年轻，以为一切事情，都能靠对方对自己的宽容来解决。

之前小柴跟他提了要好好存钱的事情，其实这也是为了两人的未来着想，结果他完全不领情地说："怎么，你是嫌我没钱，还是怕我赚不到钱啊？"语气冰冷得让小柴心寒。小柴要的只是对方的态度和决心，女孩子可以跟喜欢的人吃一段时间苦，但吃一辈子苦，还是算了吧。

有人说，女孩永远比同年龄的男孩成熟。女孩的成熟，没有一个同龄的男孩招架得住，也许他可爱、幽默，但是他终究还是太年轻，他会迷路也会偏执，还会像孩子似的喋喋不休，和这样的人相处久了，对自己都是种折磨。

不成熟的爱是因为我需要你，所以我爱你；成熟的爱是因为我爱你，所以我需要你。所以啊，女孩们，下次不要和小男孩在一起了，要谈就谈成熟的恋爱，你没有那么多的时间和精力再去等他长大了。

有个“小奶猫”女朋友真甜

喜欢一个人，就会情不自禁地想要时时刻刻黏他。我之前在微博上看到这样一句话：她的优点是不黏人，缺点也是。

其实很多男生也很矛盾，他们想要个黏人的女朋友，因为他们想要这种被需要的感觉，但他们又想要个不黏人的女朋友，因为他们想要拥有自由的空间。可是作为女生，因为喜欢你才黏你的啊，如果哪一天女生真的给你很大的自由，那一定是不喜欢你了。

我的一个好朋友，他女朋友就非常黏他，逛街要他拎包，吃虾要他剥壳，有时候走路都要他背着哄着。大家都调侃朋友是妻管严，可朋友就是愿意宠着她。朋友解释说：“因为她喜欢我、信任我，所以才会处处都黏着我。”他们的爱情真的很令人羡慕，可是有多少人能够一直忍受这样黏人的女朋友呢？

“要是我一直这么黏你，你还会喜欢我吗？”

“当然会了，‘小奶猫’。”

这是很多人恋爱初期的对话，那个时候的爱情充满了新鲜感，两个人也甜甜蜜蜜。可是一段时间过后，感情却变质了，之前疼爱有加的“小奶猫”也变成了自己的一种负担。爱人之间的对话也就变成了：

“我想你了，你在干吗啊？”

“我很忙。”

“不是忙着想我吗？”

“你很烦！”

我见过很多人的感情都不可逆地从甜蜜走向了破裂。当一个人付诸真心，想要暖化另一个人时，却被对方认作是一种负担。

其实这些男孩子真的是一点儿也不懂得珍惜，有个“小奶猫”女友的生活非常甜，你会时刻被挂念着、被爱着、被紧紧拥抱着，尽管她有时候会很幼稚、会很黏你、会想给你打电话、会想知道你在哪，可是这是因为她的心里都是你。

她送你的小礼物、为你写的情话、给你做的表情包，这些都是因为她喜欢你而愿意为你做的事情。你觉得她很作、很烦人，说很多很多的废话，想去很多很多无聊的地方。她占用你玩游戏的时间，打扰你和别人聊天。你觉得她好像无处不在，填满了你的整个世界，你以为她没有你就过不下去，会成为无人爱惜的“流浪猫”。

可事实却恰恰相反，她很懂事，也不是非你不可，失去了她是你最大最大的损失。她只有在你面前才会幼稚，但到不久后的某天你会知道，你才是真的，非常非常幼稚。

期待爱情，也明白自己等不起爱情

我很久以前看过一部电影，里面的女主一边哭一边和男主说："我爱你，我们会一直在一起吗？会结婚吗？会有小孩吗？我们会有自己的家吗？我们会一起买菜、做饭、洗碗、铺床单、晾衣服吗？到老了我们还会像现在这样手牵手吗？"男主抱着她不停地说："会，会，会。"但是后来，他们没有在一起。

一天半夜朋友易豪给我发消息："我妈前几个月丢给我一个能结婚的姑娘。"我说然后呢？他回答我："感觉自己快要恋爱了吧。"我说他一个大男人单身了快29年了，能恋爱还是家里同意的那种，这不是好事儿吗？

他发了个表情："是啊，可能是挺不错的事儿呢，但……其实我一个人过得也挺好的，一个人的日子我过惯了。"

我很好奇那个快要和他恋爱的姑娘是个什么样的人，又问他是不是他先追的女生，因为能叫他放弃已经习惯的单身生活去谈恋爱的人，一定有特别之处吧。

他反问我："要追吗？"我没有回答他。他隔了一会对我说："她的特别之处可能就是在刚好适合的时间出现，刚好家里都喜欢，刚好都过得去吧。"

我隔着屏幕翻白眼，回复他："我算是知道了，敢情你就是觉得这一切刚好过得去，所以你才会说'感觉自己快恋爱了'。"

然后他又隔着屏幕对我说，他不是不期待爱情了，只是不相信会再遇到爱情，而且他也等不起了。

想起网易的一条评论：认识17天的女朋友，我们说好了，五一回家见父母、十一订婚、年底结婚，所有人都说我们发展得太快了，我只是笑笑，我想说，不要再提什么爱情了，差不多就结了吧，今年我31岁，我还相信爱情，却已等不起爱情了。

本来爱情的最大意义，是一个人能够放心将自己托付给另一个人，但很多单身的人已经习惯了孤独，到了所谓的该结婚的年龄段，并不是真的因为爱结婚，而是为了完成任务似的结婚。

为什么有些人等了很久却依然期待爱情？那又为什么有些人觉得自己等不起爱情了？因为爱情等着等着，长辈就老了，不知道有多少人能明白这句话，我们不是等不起爱情，只是有些人等不了，到了一定年纪总要结婚，我们就这样一边期待爱情，又在期待中任务性地完成结婚这件事。

我们越来越大，开心的事却越来越少，能让我们难过的事也越变越少，孤独的日子越来越多，甚至有的人只剩感情可以期待。爱情能期待，但是等不起。

悄悄喜欢你很久了

有时候，当你在乎一个人的时候，你脸上甚至什么表情都没有，其实内心已溃不成军。想起很久之前，无意间在微博上看到的一句话：有男(女)朋友的人，会在自己的微博里发一些什么关于他（她）的消息?

印象很深的是一个网友的回答：虽然不是我男朋友，但我会经常用小号在一些微博评论底下，学其他有对象的人一样艾特他，也会在大号上不停地更新和他有关的情绪状态。

后来我点开这个女孩的微博，几乎每一条微博都是："吃了吗？""睡了吗？""一起吃饭吧""好想你"等看似无用的废话，但她的微博置顶是这样写的：原来喜欢一个人是这样的感觉啊，想见他，想得快疯了；想关心他，什么都不做，待在他身边也好；想和他说话，不管什么借口，就算出丑了也没关系；想一直看着他，他要酷的样子、安静的样子统统不想错过；想问问他，有没有喜欢我。

那时候，我觉得这个女孩是疯了吧，敢在微博上这么明目张胆地谈喜欢的人，万一被对方看到了怎么办，但回头想想，看到了又怎样？如果我喜欢一个人，那我也一定会留下很多线索，等哪天我和他在一起了，我就告诉他："瞧，我打那时候就喜欢你了，只是你没发现。"

喜欢一个人，不就是要处处留意他吗？无论是他走过的路，写下的字，还是去过的地方，你都会特别在意。有句话是这样说的："不联络不代表不想念，而是想念了后不知道该怎么办。"不知道你有没有放在心里一直想念的人，一想起来，就想冲到那个人面前，问问他最近过得怎么样，有没有交往的对象……但你最想问的，是他有没有也很想你，但是这些话也只能放在心里问。

想一个人的表现真的很明显，纵然只是在心底偷偷想着，你别看我的情绪毫无波澜，不找你说话，但手已经点开你的微博看了10次，你空间的照片也看了4次，你的知乎、问答翻了2次，你的朋友圈看了3次，所有能找到的和你相关的信息我都翻了个遍。我觉得想一个人和喜欢一个人，就像大冬天里吃冰淇淋，特傻，但又特甜。

别想他，别等他

听歌的时候，我看到这样一段对话：

“你忘记他了吗？”

“我忘了。”

“可我还没说是谁呢？”

有时候，有那么一个人，在我们心里就好像是一根刺，但是刺在心里扎的时间长了，就变成了心头的朱砂痣。他的名字就像和你用绳子绑在了一起，说起任何与过去有关的东西，你都会不由自主地想起他。

想念一个人的滋味，大概是看云时云是他，听歌时歌是他，他就像是空气在你的周围环绕，但是你却再也找不到他的存在。

这种感觉会一直让人备受折磨，你无法真正地把他放下，又没有办法把他握在手里，就像有人说的那样：“你越是下决心不想他，就会越是想他，因为决心不思念对方正是思念对方。”

人们常说拿得起也要放得下，但是通常多的是求而不得、多的是无法放下。我见过看电影号啕大哭的女孩，也见过深夜买醉的男孩，我见过很多很多因为感情难过的人，也安慰过很多对我倾诉过的人。

每个人难过都有自己的理由，爱而不得，或者没有珍惜。太多太多的告别，千奇百怪的失去，都有各自的理由和苦衷。但你要相信，你最狼狈不堪的时刻，绝对是你没有忘记他的时候。

真正地放下，从来不是大张旗鼓地宣布你要离开他，当你真的要离开他时，你不会向全世界宣布，你会轻轻将他的门关上，然后默默离开。

放下一个人，是一件很困难的事，越是刻意越是无法忘记。直到有一天，当你再听到他的声音，不会觉得心头一颤；再听到有关他的事情，不会反复揣摩。等你们再见面的时候，就像是老朋友一样，你心里没有一点波澜，只有脸上淡淡的微笑。再见不会红着脸，也不必红着眼，两个人之间无须任何怀念，这或许就是真正地放下了。

年少时候的喜欢，可能是因为一个眼神，因为一首歌，但是喜欢和爱，真的像一瓶汽水一样，在激烈晃动下不断地向外喷射自己的热情，当精力耗尽后最终变成了普通的甜水。所以，算了吧，这个世界又不是只有他一个人。

你要相信，会有那么一个更酷更棒的人出现，他会给你做你喜欢吃的菜，而你就在客厅看电视逗猫。你们两个人一起牵手，去看花开、去看日落。

你这么好，就该早点从不值得的爱情中走出来，你要相信一定会再有一个人愿意握住你的手，一直对你好。

用三年爱上你，用三秒离开你

你有没有在微信联系人中删过这样一个人，一个陪你聊天聊过成百上千次的人。那时候你们总是聊到深夜，说了要睡觉可谁也不愿意放下手机，你一句晚安，他一句晚安，可隔一会儿你就又因为他说的话在被窝里乐得哈哈大笑了。

那时候你觉得，能够遇见一个这样陪你聊天的人真的太好了，但你没有想到的是，无论曾经多么亲密的人，都有可能突然变成陌生人。

你忘了是从什么时候起，你们的关系变得冷淡了，你说的话他再也不愿意和你聊下去了，你的那些小喜好和小情绪，他也不是那么在乎了。

他给你发信息的时候你是秒回，你给他发信息的时候他像是销声匿迹了一般，你只好在等他回复的时候，一遍遍看以前你们两人的几百页聊天记录，然后心里默默委屈："你到底什么时候，才来找我说话啊。"

再往后的一段时间，你不找他，他也不会找你了，你想你是真的失望了，那个曾经让你满心欢喜的人正一点一点踩踏你的自尊，于是你开始想，是不是从一开始就是自己想多了：“也许他不喜欢我吧，他只是想找个人聊天解闷罢了。”

以前我听别人说过，真正放下一个人，并不会将他从自己的微信联系人列表中删掉，也不会将其拉黑，因为你再也不会在意他了，你不会再关心他说过的话，不在意他的情绪，也不会想要假装偶遇到他，但是有时候，真的不是放下放不下的问题，就连他在你的好友列表中，你都会觉得特别烦。

过去你们两人可以从早餐聊到银河系，现在连晚安都懒得说了，这种反差，真的让人感到难以言表的难过。那些过去两人讲的最投机的笑话，哪怕是放在现在看，你也会忍不住大笑起来，可是笑得越大声，对现在的你来说越是残忍，于是你悄悄地删掉了你们那几百页的微信聊天记录，无论好的坏的，你把全部都毫不留情地删除了，因为你再也不想受到伤害了。

你想忘记那段开心的时光，而你可能不知道的是，他早就把关于你的一切删除得一干二净了，甚至不带一丁点儿的犹豫，那你还是选择删掉他吧，无论两个人是相处过三天还是三年，就像《体面》那首歌里写的一样：我爱过你，利落干脆。再见，不负遇见。

人生就是不停的孤独

你有一个人吃过火锅吗?

有。

没有。

怎么可能一个人吃火锅，我人缘这么好。

这是一个关于孤独的问题，好像没有多少人愿意自己一个人吃火锅。

上一次，我采访了一些读者，咱们来听听他们关于做过的一些比一个人吃火锅还要孤独的事。

那段关于孤单的岁月，关于成长，关于人生的故事。

from:@小岑

前段时间，我就一个人吃火锅了，要说，比起吃火锅更孤单的事，应该是一个人去看病吧。

大学刚毕业那会儿，很大胆，年轻气盛，随着性子去北漂，好不容易凑齐压一付三的房租。

刚刚在北京站住脚，本打算趁六一儿童节出去独自一个人吃顿海底捞，趁着最后一波可享受的大学生折扣，想想就美滋滋。

没想到，六一儿童节前一天，我感冒发高烧。

我一个人坐两小时地铁，去北京中医医院。（北京医院看病好难啊啊啊）

到医院后，排队等号，看着别人都有家人陪伴，或者有随行的人，就我一个人孤零零的。挂号、去挂水的地方，心里落差，那叫一个大。

更加惨的是，挂水已经挂了三个多小时了，中途，我想上厕所，憋了很久快憋不住了却左右为难，不知道该怎么办。

最后，决定自己拎着吊瓶去上厕所。还好，旁边一个老爷爷陪奶奶挂水，帮我提着去了上厕所，避免尴尬。

边走那个老爷爷边说，你的家人呢，怎么不陪你一起看病。

那一刻，我忽然觉得好孤单好孤单，自己为什么要受这么多苦，来北京，连生病都没人陪伴。

挂完水之后，已经深夜2点多，我一个人打车，一个人回到出租屋，一个人跌跌撞撞。

我当时想着，万一自己死掉，恐怕也没人发现吧。

那一刻，我真不想再一个人了，不想要这种孤单了。

北漂很可怕吗？

不可怕！！！

物质条件的艰苦，比不上心灵上那种折磨、那种孤寂感。

From:@小朱

就说说发生在我身上，觉得孤单的事吧。

2016年12月15日，用男友手机玩王者荣耀，发现他出轨了。

某宝提示，他新买的口红已到，一开始，我以为，是他给我的惊喜。

结果点开，给了我惊吓。

他，一个这么老实的男生，居然背着我，送别的女生口红。

为了防止他找其他借口，我又赶忙翻他聊天记录，在通讯录一新的朋友中，发现一个叫“不归路”的女孩。

点开聊天记录，呵呵！

“聊骚记录”！

亮瞎我的眼！

当时，我气得脸色苍白，整个人都在发抖。

当时，想了片刻，立马开始收拾东西，拎着行李，离开。

你们可以想象一下，就像某位明星一样家后，发现对方出轨，立马打包收拾走人。

也许在外人看来，果断离开很酷，可是过程并不酷，还有点惨，那可是冬天呀！！！

十二月份，天津下着大雪，我一个人，凌晨一点多，孤零零地拖着个行李箱，走在大马路上。

我不知道该怎么办，我也不知道为什么我不顾家人反对，选择和他来到天津。

很打脸，生疼生疼的那种。

我原本以为，我赌上一切，可以换来他对我的全心全意。

后来，我才发现，爱情这个东西，压根不值一提。

From：@王语枭

很倒霉!

就在前几天，在地铁上我的手机被小偷偷了。

我在地铁上大叫，到底是谁偷了我手机，差点就要跪下，求着小偷把手机还我。

也许有人会说，不就丢一个手机吗？有必要这样吗？

有必要啊，因为我家并不是一个富裕的家庭。

那个iphone手机还是我努力挣来的，暑假，在工厂里打了两个月工，每天13个小时，而且厂房里还没空调。

不要问我为什么用iphone手机，我打算一直从大学用到工作呢！

最后，在地铁出口站，我借了别人的手机，打电话报警。

结果警察冷漠地说，那个地方不归他们管，让我去×××派出所。

于是，我又一个人灰溜溜地跑到另外一个派出所。

结果，警察说很难找回，让我下次多注意点。

我就像一个皮球，被踢来踢去。

丢手机这种事，好像真没什么好办法解决。

身边无依无靠，遇到一点事，只能拼命自己扛着。

希望我能遇到一个可以依靠，遇到困难危险时，他能挺身而出的人。

From：@钱儿

孤独，从24岁伴随着我。

到现在，我26岁，已经连续二年。

我爸爸在我七岁那年，因白血病去世了，之后，我就没有爸爸了。

上小学时，有一次，我和一个小孩吵架，他吵不过我，就攻击我说，我是没有爸爸的野孩子，可怜可叹。

最后，老师把双方家长叫过去，对方妈妈直接劈头盖脸甩来一句话“我们不跟没有爸爸教育的野孩子计较”。

妈妈非常生气，怼回去：“谁家还没个意外，你这么说我家孩子，你以为你家孩子能好到哪里去，有爹的，只教成这样，呵呵！！！”

放学之后，我想着，妈妈会责备我，可妈妈没有一句责备，还带我去市中心最好的一家蛋糕店，给我买了一个奶油蛋糕。

然后，她非常平静地跟我讲，以后不要打架了，有什么事，跟妈妈说，妈妈来帮你。

妈妈还和我说，不需要自卑，爸爸只是因为生病去了天堂，还有妈妈扛着这个家呢。

你只要好好努力学习，就一定会出人头地。七岁之后，一直是妈妈陪伴在我身边，我很听妈妈话，即便是上大学，我也选择了一个邻近的省份，两个小时车程，就能回到家。

并且，在大学，不敢松懈，发誓一定要努力赚钱，让妈妈下半生过得好一点。

在我上大三那年，回家过年。一个亲戚，塞给我一个一万多的大红包，然后对我说，妈妈治病要钱……然后，我才得知，我妈得了胃癌，已经是晚期了。

妈妈竟然瞒我这么久。

两个月后，妈妈也走了。

我觉得，老天爷对我不公平，我还没来得及孝敬妈妈，她还没有好好享受生活，一辈子苦过来。

妈妈看不到我对象，看不到我结婚，看不到我儿子，就这样走了。

我，就是，一个孤儿。

25岁生日，我是一个人度过的。家里空荡荡的，没有任何人，我给爸爸妈妈上香后，选择一个人去万达广场的肯德基点了全家桶，呆呆地坐了一天。

那份全家桶，似乎在讽刺我，全家只剩我一个了。

好在，最近，我喜欢上一个女孩，她也喜欢我。我向她告白，她已经答应了。

或许，这是老天对我的弥补，或许，我也可以收获幸福。

也希望所有看到这段话的人，都能好好珍惜身边拥有的人。有时候，有人陪伴着你，也是一种莫大的幸福。

孤独是什么？

孤独是一个人待着——做什么事情都想打开音乐，仿佛出了门，这个世界就和自己没多大关系。

孤独是爱而不得——遇到她之前，我享受孤独。

遇到她之后，我感到了孤独，错过她后，我只剩下了寂寞。

孤独是常态——每个人生来都是孤独的，很多人陪你走完一阵子就会离开。要明白，孤独感无处不在。

许多时候，不要急着摆脱孤独。

可以尝试着直面孤独，习惯孤独。

我全部的努力，不过完成了平凡的生活

“雪下不下来都阻挡不了我的白，我白不白都掩饰不了一生的荒唐。”

我看了关于脑瘫女诗人余秀华的纪录片《摇摇晃晃的人间》，她曾说到希望自己说话的时候能够表情自然，能够收获完整的爱情，能够有一间属于自己的房间……她写稻田和山林，写日出和夕阳，却写不出最深的伤心。

电影的英文翻译是“Still Tomorrow”，散场了才发现是她那句“如果还有明天，可惜还有明天”。但她还是笑着，揶揄生活的每一个陷阱。

下文的6部电影，他们是生活里的平凡人，有的曾经站在人生顶峰突然坠落，有的一出生便命运决定了不幸的开端……像极了那句话：“小时候觉得生命应该是场喜剧，长大了才知道是部悲剧，到最后才发现，原来是场无声的纪录片。”

无一例外的是，他们一直用自己的方式在抵抗着生活的平庸，并且告诉我们一个真理：生活不会欺骗任何人。

“人生近看是悲剧，远看是喜剧。”

《金牌男人》

你身边一定有总是拿第一的“好好学生”，无论是哪方面总能轻易击败大部分人。他们是父母嘴里的别人家的小孩，老师口中的优秀学生……

然而在这个故事里，总是拿第一的金牌男人，却在中学时代一蹶不振，发现自己什么也干不好。直到他在中年的某一天飘落到无人岛，发现自己往昔不值一提的技能全派上了用场……

“辣妹的故事，从来都很励志。”

《垫底辣妹》

如果用一句话来概括这个故事，大概就是“年级倒数第一的辣妹在一年内偏差值提升40以上，考入庆应大学的故事”。

年级里的那个烫着金色头发文化水平只有小学四年级水平的坏女孩，遇到了补习班的好老师，从此爱上学习，考上了好大学……

不知道现实生活中，有几人能有逆袭的人生啊?

“一条蓝色的泳裤，是最后的青春。”

《五个扑水的少年》

这是一个发生在学校游泳部的故事。被漂亮教练吸引学习花样游泳的五个大男生，必须要参加文化节，活动开始前却发现教练怀孕待产……

一盘散沙的游泳部兴致无几，因为一次倒霉事件不得不提起精神完成表演，被逼上梁山的五个男孩，写下了一段励志的故事。

“好想赢，哪怕一次也好。”

《百元之恋》

三十岁就是，失败之后还要与生活相互拍肩。三十来岁还一事无成，想想就让人恐惧。

女主角一子日日丧，自感不被家人所容的一子搬了出去，并在日常光顾的百元超市谋得收银员的职位。

这间小店云集着许多怪人，患有忧郁症的店长，话痨的同事，因盗窃被开除却还时常回来拿临过期食品的人……

渴望改变生活的一子选择学习拳击，她渴望释放心中不委屈和不满，渴望获得哪怕只有一次的认可。

"NASA的一小步，人类的一大步。"

《隐藏人物》

在1962年，在苏联成功把飞船送上太空后，在当时美国还对黑人有戒备之心的时候，为了完成太空飞行，NASA召集了非裔美国数学家与斯宾瑟和梦奈两位"同事"组成智囊团，为宇航员约翰·格伦成功绕地球轨道飞行做出贡献。在此过程中，NASA也打破了对黑人的歧视……

"世界从来不公平，只有你叫我第一名。"

《叫我第一名》

这是一部来自真实故事的改编电影。

患有先天性的妥瑞氏症的男孩Bobo，无法控制地扭动脖子和发出奇怪的声音。这使他受到同学老师的歧视，就连他的父亲也对他失望透顶。只有母亲一直鼓励他，让他能够在正常人的生活里艰难前行。直到他有了成为一名教师的梦想，在不断努力下，曲折的人生道路也在慢慢好转……

哪里会有人喜欢孤独，不过是在逞强

爱你，是一件做梦想起都会笑醒的事；

爱你，是辗转反则、夜不能寐；

爱你，是在街角遇见，选择绕过另一条街的彷徨；

你还要怎样，爱上你，到最后只剩下一张没后悔的模样。

爱上你是一个悲剧，我胆小到只能卑微的下场。

哪会有人喜欢孤独，只不过是不喜欢失望，只不过是在逞强。

爱上你，是一种打心底里发颤的害怕，是一种越喜欢越想分开的惆怅。

爱你，爱到自己跟个导演一样，灯光上场，剧本落幕，寂寥冷清。

你的每一条动态，对我而言，都像是做阅读理解一样。翻到我们的聊天页面发呆，偶尔得到你的回复，我就会开心一整天。只要想到你的笑容，我会感到阴天都放晴了。

这种爱，是疯狂却又不敢声张的爱，是距离上想要接近，心灵上却不断后退的爱。

怕你知道，又怕你不知道，更怕他知道，却装作不知道。

闺密说她曾经有这样的经历，与他擦肩而过时，假装跟身边人谈笑风生，心却随余光里的他走远。

这种害怕的爱，甜蜜又心酸，明知不可能，还要容忍你在自己心里放肆。

爱一个人，是说不明道不清的执着，是越喜欢越想分开的矛盾。

爱上你的第一感觉是害怕，是慌张，是不敢靠近，害怕让你知道而不得已的隐藏。

即便如此，明知不能飞蛾扑火，但从没想过要停止。

没有结果的喜欢，看不见也无妨，我要的不过是远远的守望，在你转身的时候能看见你罢了。

越喜欢越想分开，因为怕你看见我丑陋的模样，因为距离能模糊追根问底的对象，越爱越想退让，这是一种爱到宁愿放手，是一种怕爱过头反噬其害的悲伤。

你也从来不会想，我为什么会这样。

往事互不相欠，余生各自安好

我突然意识到，人生根本没办法重来，就算重来一遍，你可能依旧不会再喜欢我。

怎么来形容我曾经对你的感觉呢？就像冬天里带给我温暖的衣服，无论如何我也离不开你。

可是现实总爱开玩笑，越是觉得离不开的人，最后却总是离开了我们，在我深信你不会走的时候，你决绝又彻底地离开了我。你在给我编织了一场浪漫温暖的美梦之后，瞬间从我身边抽离。

朋友对我说："你们的感情，从一开始就是不对的。你太依赖他了，而他对你的爱在日益减少。"

其实朋友说的大道理我怎么能不懂，毕竟我听过那么多情歌，看过那么多言情小说。也是可笑，常常自诩人生导师，还头头是道开解别人的我，却不能理清自己的感情，可能这就叫清官难断家务事吧。

才分开的时候，我总觉得是你亏欠了我太多，我总说我的一片真心喂了狗，和朋友抱怨过无数遍你是一个可恶的渣男，但我自己知道，我们也曾有过开心的瞬间，只不过我真的很难过，因为你爱的永远是我爱你，而你厌倦的也是我爱你。

这个世界好像没有谁会一直等谁，因为每个人都很忙，我也没有在等你，只不过有些时候，我会在不经意间想起你。你离开以后，我也没有一蹶不振，我按时吃饭，偶尔熬夜，经常和朋友出去大餐一顿，没了你，我好像过得挺好的，只是偶然听到你爱听的歌、看到和你相似的背影，我还是会愣一下。你的来到和离开，就像一阵风一样，带给我无法捕捉又舒适的凉意后慢慢消失掉。

我曾怨你、我曾恨你，我曾埋怨你不肯带我一起走漫漫长路。我曾惧怕孤军奋战在这个世界，可是你走的时日久了，我竟然也就习惯了空荡荡的感觉，只是天气好的时候，会突然很想你，忍忍，也就把想念收回来了，我要将我爱你努力变成我爱过你。

你给我编织了一场空的美梦，我觉得你没有给我足够的爱，你认为我没有给你足够的时间，感情这回事没有绝对的对与错，所以离开，就不要再见。以后，我们互不相欠，反正，过去了的就过去了，现在也该翻篇了。

CHAPTER 5
因为是你，所以晚一点没关系

做人最要紧的就是开心

猪洁毕业后，就有很多同学开始结婚了，参加一个又一个聚会的时候，大家都聊最近怎么怎么样，慢慢就会有差距感。

没有男朋友，工作还没有找到，而当你知道你的同桌、你的前桌已经结婚生子，还有稳定工作的时候，你就会开始自责，有一种一毕业就和别人拉开很大距离的落差感。

曾经和你玩得最好的几个朋友没有更新过朋友圈，也不找你说话了，就像消失了一样。

所以我在朋友圈写过一句很丧的话：“我变成了懦弱的代言人，我想逃避。”

一踏入社会，钱、爱情、工作……你都想拥有，但你的能力跟不上你想要的。

以前我觉得好像人生只要拥有好的工作、爱情、房子，就可以获得幸福了。但现在，我发现环境给我的固式思维，真的会改变的我人生。

就像如果没有爱情，三四十岁不结婚，那么你的人生就会不完整。

如果女孩没买到奢侈品，那么她是不会快乐的。

如果你拿到很少工资，那么证明你是个不成功的人。

……

这种被大家贴上标签的东西，我们习惯了。（但我不是说追求物质的人怎样，每个人的追求都不一样，只是不要觉得别人做什么你就该做什么。）

所以，我才发现我从来没追逐过自我。

自己想做什么。

自己想过什么样的生活。

自己想成为什么样的人。

之前在朋友圈转发过一句话，我觉得可以用于提醒到自己：

“如果你的人生总是要去和对比，是真的好无聊。”

祝大家，找到自己想要的并持之以恒。

做人呐，最要紧的就是开心。

喜欢你和只想撩你的区别

他是喜欢你，还是撩你?

南南聊天的时候，南南带着一副愤世嫉俗的样子，把谈恋爱的坏处一一说出，并大肆宣扬单身是多么爽快又自由。最后南南低下头来，声音沮丧地对我说："是不是男生都是这个样子，他可以和你搞暧昧，但是一定不会和你在一起。"

我觉得这里一定有什么事情，在我的一番追问下才知道，原来南南喜欢的那个暧昧对象，最近在朋友圈放了一张和女朋友的合照，配文是，脱单成功。

有些人和你搞暧昧，有些人会揉你头发，递给你几颗糖，可是这样的人也会突然消失。而那些真正喜欢你的人总是笨手笨脚，不会表达自己的心意。

喜欢你的人支支吾吾，撩你的人妙语连珠

喜欢你的人和你在一起时，总是有些拘谨，不会说太多漂亮的话，但你总能感受得到他带给你的踏实。他不会太多花言巧语，也不会口若悬河，和你在一起时，他更喜欢听你讲话。而那些只想撩你的人则不然，他们有着数不清的套路在等着你，今天对你说的话，也许他已经对无数的人说过。只想撩你的人，话说得比谁都好听，但是不会花太多心思在你身上。

喜欢是“离不开”，撩是“想靠近”

喜欢你的人离不开你，你总能发现他的存在，甚至有时候你忘了回复他消息，也不用担心他会消失。因为他喜欢你，所以更加离不开你。撩你的人却总想着和你暧昧一下就算了，他们永远在慢慢靠近你，慢慢试探你，只要他们开始有一点不顺心意，或者有了更好的选择的时候，就马上离开你。

喜欢是催你睡觉，撩是不管多晚都会和你聊天

喜欢你的人往往不会大半夜给你发消息，就算想发也会斟酌再三。因为他从来没有想要打扰你休息的念头，如果你很晚在朋友圈发了一条状态，他也会在下面很认真地发一条要你早点儿睡觉的评论。

撩你的人永远不管白天黑夜，只要他还醒着，那么他就会找你聊天；也不管你有没有睡觉，只有他自己困了的时候，才会对你开口说晚安。

喜欢是想带你清晨喝粥，撩是想带你深夜喝酒

喜欢你的人想和你度过余生的每一天，想和你一起计划未来该怎样度过，他想要和你面对面吃早餐，想要和你一起认真地老去，认真地生活。撩你的人只想和你深夜喝酒，一杯接着一杯，他需要的只是一个陪伴他的人，谁都可以，而不是非你不可。

喜欢是他只喜欢你，撩是就算他喜欢你也不会停止喜欢别人

喜欢你的人，对其他异性是没有太大感觉的，因为他对你的喜欢，让他的眼里只能看到你，心里也只能装下你一个人。撩是可以同时喜欢很多人，

他可以今天喜欢A，明天喜欢B，后天喜欢C，他永远有备胎，永远有下一个，你永远也不懂，他究竟对你是不是真心的。

喜欢你的人用尽了心思，还担心你不喜欢他；撩你的人用遍了套路，只会觉得你麻烦。如果有人一直撩你，却始终没开口说出一句告白的话，那么赶快离开他吧。毕竟只想撩你的人，不值得你傻傻地付出真心去喜欢。

看聊天记录，就知道他爱不爱你

经常有女生问我：“他是不是真的喜欢我？”其实这个答案并不难得出，问题是你自己想不想知道，通常女生问我这个问题的时候，心里多半已经有了答案。

一般来说，爱不爱一个人，有两个东西不会撒谎，一个是眼睛，一个是聊天记录。

如果那个人跟你在一起的时候，有意无意地躲闪着你的目光，和你聊天时频频把天聊死，或者对你说完他正在洗澡后就消失了。那么毫无疑问，他已经不喜欢你了。

真正喜欢一个人的时候，他们的聊天记录里满满都是“哈哈哈哈”，早安、晚安没有一天落下，你发个消息过去他秒回，两个人也不用拼命想什么话题，你们可以从路边的一只猫，聊到下个月要上映的电影。他如果不喜欢你，是不会主动找你聊天的。即使你主动，他也会有很多借口结束聊天，过不了多久，他就不回复你了。

我曾经有一个男性朋友，他对待自己不喜欢的女孩子都很冷漠。他们的聊天记录从上拉到下，女生的示好都要溢出屏幕了，他在这边只是淡淡地回了一句“好吧”。我真的很心疼那些女孩子，她们一次又一次，怀着满满的期待去找喜欢的人聊天，却被对方高冷的防线弄得鼻青脸肿。那种感觉就像是为心仪已久的人精心准备的一个礼物，却发现寄错了地址一样。

你热情满满地找他说话，打开聊天窗口才发现，每一次聊天做结尾的人都是你。你为了他准备了很多有趣的话题，你每写一段话都会斟酌再三，得到的却是对方“哈哈”“嗯嗯”的回答，或是一个无关紧要的表情。甚至在他对你说完晚安之后，你还在朋友圈里看到他给别人点赞。这也正应了那句话：你我本无缘，全靠我死撑。

并不是你哪里不够好，或是做错了什么，只是他不喜欢你，但这一条，就足以抹杀掉你所做的一切努力。当你翻出跟他的聊天记录时，你发现很多时候都是你在自说自话，他总是很敷衍地回复你。我想女孩们也不需要问我他喜不喜欢你这样的问题了，因为答案已经很明显了。

很多关系都是这样，我主动，你不主动，或者你不主动，我也不主动，然后两个人就没有了关系。

18岁恋爱和28岁恋爱的区别

18岁那年，我们见识不多，当年发生的一切在很多年后想起，却依然惊艳了时光。

看到有个朋友，在朋友圈放了张她18岁时的照片，我突然想起高中比较要好的一个同学。我们已经很久很久没联系了，但是我依然记得多年前遇见她时，她和我说起的话："我一直都很喜欢他，但是我们之间最亲密的接触也不过就是毕业时一个拥抱，不过这个拥抱真的让我欢喜了很久很久。"

对很多人来说，年少时的爱情，一定是你谈过最好的一段恋爱吧。18岁的你，可以朝气蓬勃地对爱慕的人说："我喜欢你。"28岁的你，不再讲"喜欢和不喜欢"，而是藏起所有心里期盼已久的爱。

大概年少时的爱情，在一起是喜欢，分手是因为不喜欢；长大后，在一起是刚好适合，分手是因为你没车、没房、没存款。

18岁时的恋爱是什么样子的？

18岁时的爱情，不管是暗恋、明恋，还是说不清道不明的暧昧，那种感觉都是很美好的，也是很多年以后，我们再也不可能拥有的。那时候，心里只要有喜欢的人，就会慌乱得不行，要做好几天的思想斗争，才能鼓起勇气，红着脸对喜欢的人讲出“我喜欢你”四个字。

对于喜欢的人，有时候远远地看上一眼，就会开心不已，擦肩而过更会心跳加速，如果作业本挨在一起放，就仿佛自己和这个人在一起了一样。再过分一点的想法，也不过就是上课的时候，希望能坐同一张桌子，放学了能一起搞卫生、一起回家……

那个时候我们会一边“无所顾忌”地喜欢，一边时刻提防班主任。那时候的我们投入了自己所有的感情、精力和勇气去喜欢一个人，学生时代也不过就是这么简单。

28岁时的恋爱是什么样子的？

我曾经听到过很可怕的一句话：“大学时期没有谈恋爱的，到了工作之后，大概不出两年，就只能等相亲了。”成年之后的感情都掺杂着不同的情感。

长大了以后，我们的生活不再只有感情，我们大多开始忙碌，不再对恋爱投入过多的经历。28岁，我们不讲究爱不爱、喜不喜欢，我们的爱情没有轰轰烈烈，只有合不合适、舒不舒服、两个家庭背景相不相当，仅此而已。

18岁谈爱不爱，28岁谈合不合适

很多年以后，会有不少人在下雨天为你送伞，但你永远都忘不了，多年前那个为你送伞的人。对我来说，18岁时梦里梦见的人，第二天我会不顾一切地跑去见他，但28岁时的我不会再这样做了。

一定是很喜欢你，不然他怎么会秀恩爱

有个姑娘私信我：七夕那天我的男朋友没送我礼物，没发朋友圈，只说了句七夕快乐。我问他为什么不送我礼物，他也是很敷衍地回答说谈恋爱没必要讲究这个，秀恩爱太尴尬。他是不是不喜欢我?

说实话，我从这个事情也没法作出判断。男人心思没有女人细，他们很多都不善言辞，喜欢一个人，即使默默做了很多，也不会去事事找你邀功。他们只会在心底保留一个期待，等着看你惊喜的表情。

他不秀恩爱，不在朋友圈刷屏，不每天甜甜地说个不停。虽然这样，但是我还是建议大家找个愿意为你秀恩爱的人在一起。他不一定要在朋友圈天天晒你，但他的钱包里应该有你的照片，手机解锁应该有你的指纹。他愿意大大方方地跟身边的朋友介绍你，也愿意带你回家，为你做一桌子饭。

朋友小七之前问我：“为什么我男朋友从不为我秀恩爱啊？”小七恋爱已经三个月了，在他们交往的这段时间里，她男友从来没有在朋友圈发过两人的照片，甚至没有流露出一点他们正在谈恋爱的痕迹。

小七在微博上晒两人自拍，在朋友圈分享两人甜蜜日常，甚至还主动艾特了男友，可对方理都不理，甚至连赞都不点。小七爱得坦坦荡荡，可男友一直一副女友见不得人的模样，对这段感情畏畏缩缩，不敢声张。其实在感情里，一个人主动秀恩爱，这是一种表达他愿意对对方专一的方式。公开是因为他很大程度相信，对方会是陪自己走到最后的人。

小七想要主动示爱，昭告所有人，可她每次发了朋友圈后，就一直像个傻子一样地对着手机发呆，除了刷新消息还是刷新消息，但是没过几分钟又删除了，其实她在等对方的点赞和评论，可是对方始终都没有。

我觉得秀恩爱这种事应该适量，但是不可不秀。秀恩爱不是恨不得把喜欢的人和自己绑在一起，弄得无人不知那样，而应该适度地进行表达，愿意把对方带入自己的生活圈中去。爱秀恩爱的人通常坦荡、一清二白，不找备胎也不和别人玩暧昧，身正不怕影子斜，即使和别的女生同处一个空间也不怕被人看见。

如果一个人真的爱你，就一定会想要炫耀你，会把你宠上天，挖空心思对你好，疲惫时依旧爱你。说一些很甜的话，做一些让你想起来都觉得好玩的事。

如果你遇到了愿意为你秀恩爱的男人，你一定要好好珍惜他，因为有些人啊，错过了就真的遇不见了，一定要好好抓住他才行。

女生最容易被什么骗

听歌的时候，我看到一句评论：不要跟文学素养较高的男生谈恋爱，他们动三分感情就能写出十二分的爱。其实我觉得也不是说什么文学素养、情话能力高低，女孩子真正需要提防的是那种看起来对你爱到不行，但其实爱得非常肤浅的男生。

经常听到有人说喜欢你，但是他却经常忘掉你的生日，忘掉你说的话，他总是把最差的礼物送给你，明明把你放在了他心里最不重要的位置上，还骗你说你占据了他的整个心。

女生最容易被什么骗？答案很简单：让你感动的最廉价行为。

不花钱的甜言蜜语、不会累的点赞评论、平安夜的苹果、除夕夜的短信，这些最不费力的方式最容易让女生感动。女孩子总是容易喜欢上那个找自己聊天、夸自己好看的人。她会觉得那个人对自己真好，可到了后来她才明白，这样的男生真的很幼稚、很没劲。

记得有人说过一句很戳心的话："有人喜欢你那是因为你很好，你值得被人喜欢。"如果一个女生总是被廉价的行为所打动，结果自然很明显，她只是一个未经世事的小女生罢了。

睡前刷朋友圈的时候，我看到叶子更新了状态："我觉得差不多了，到此为止吧。"当时已经挺晚了，我点完赞就去睡了，等我早上醒来时，手机提示有几十条来自叶子的消息。我看了她发的消息知道，她和男友提出分手了。

那个男孩一开始追她的时候对她真的是很好，一有时间就会陪在她身边，还会按时接送她上下班。男生会时不时地给她一些小惊喜，比如，会在巧克力盒里藏口红，或者送她一大堆可爱的娃娃，也会往女生的公司邮寄玫瑰花。那段时间的叶子，总是露出甜蜜的笑容。这样子的浪漫持续了大概有几个月，男孩就变了，对她变得异常冷淡，没有了礼物和情话就算了，连早安、晚安都没有了，一消失就是一整天。

叶子说，一天晚上她给男孩打了个电话问他在干吗，结果对方一直挂断不接，等到终于接通了的时候，对方却劈头盖脸骂她："我和朋友在一起，你烦不烦！"听得出男生周围的环境很喧闹，叶子没有作声，卡在喉咙里的话也咽了下去，她把电话挂断，默默删掉了男孩的一切联系方式。

她打电话没有来得及说的是，“我想你了。”可最后，索性连“再见”也省了。

我觉得叶子做得挺对的，放弃一个不爱你的人，就是一个好的决定，这才是自爱的明智之举。当我们在感情里受伤的时候，一定要想办法和自己和解，不要让不甘心操纵了自己，因为一直不甘心放手的人，到最后只会让自己更加受伤。

谈恋爱就是这样，我们不可能不受伤，只愿你懂得及时止损与不要回头，学会如何割舍掉那种无意义的感情。要知道，一个人最酷的时候，就是决定放手，洒脱向前走的时候，可能转身的一瞬间很孤单吧，可是你不知道你的背影有多好看。

男生该学会哪些清新脱俗的情话

我常说，女孩子要变得无比可爱，就要看她男朋友是怎么对她说、对她做的。如果谈恋爱的时候，女生不那么可爱，那她的男朋友一定没什么价值吧！我之前还听闻，如果幸运的话，每个人都会遇到一个适合你的人，不用刻意迁就对方，只管任性撒娇，并且保持默契，然后相爱。

之前，我目睹了一个女性朋友和她男友吵架的现场。事情是这样的：朋友因为一些事情和男朋友吵架吵得很严重，两个人气得一晚上谁也没理谁，第二天我朋友趁天没亮，就跑我家住来了。

大约和我朋友吃个早餐的时间吧，她男朋友那边就慌慌张张跑过来和她道歉，其实这不重要，重要的是她男朋友是这样道歉的："我觉得我不该和你讲道理，我应该只给你很多很多爱就够了。"

没意外，我朋友都不知道怎么去生气，直接屁颠屁颠地跟着对方走了。

我突然觉得很甜！这该是一个会说很多清新脱俗情话的男孩吧，要不然搁其他男生，他们的道歉无非就是：“我知道错了，对对对，我下次改……”说实话，这样的道歉没意思，而且很多女生还会追问：“错哪了？改哪？还敢有下次？”兴许又是一场架要吵。

什么是清新脱俗的情话？打个比方，我正和男朋友吵架，闹到我要离家出走的地步。这时候男朋友也是很有意思，直接发信息给我说：“你走吧，你走了往后就不要回来了。”我没理他，过了一会他又发信息说：“我开始倒数了，数到10，你自己回来。”我依然没理他，过了五分钟，他发来信息说：“那我再数十个数吧！数完去接你。”这样软的情话是不是很讨女孩子喜欢呢。

我很久之前在网上看到这样一段文字：去景区玩，满大街的小灯笼特别好看，男朋友见了非要给我买一个，可是排队的人超多，天气又热，我就说别买了，买回家也是占地儿。他说别的小朋友都有，然后拍拍我的头接着说：“我家的小朋友也得有。”

看一个男生这样霸道地对喜欢的女生说这么甜、这么幼稚的话，女生真的一点抵抗力也没有吧。以前想当一只猫，天天窝在你怀里，听你对着我说话，后来就只想做你女朋友，天天躺在你怀里，听听你如何用情话撩我。

为何旧知己最后变不成老友

听说所有人都能在《最佳损友》这首歌里对号入座，因为一定有这么一个人，当年你们彻夜聊天，无话不说，就着可乐，可以把所有开心、难过、纠结、不堪不吐不快。

你们有一样的兴趣爱好，英雄梦想，无所畏惧地愿意随时与这世界干一架。十几二十岁的年纪里，你们的名字紧紧连在一起，谁都知道你们关系好，你们是彼此的联想词汇与关键词。

那时候，我们好像都把友情当恋爱谈，占有欲强到，甚至觉得对方的朋友只能有你一个，看见他跟别的女孩子亲昵地贴在一起讲话，都能嫉妒地生气好几天。

一定有这样一个人，存在过你的生命里吧，但是如今，他在哪呢？就像朴树的《那些花儿》里面唱到的一样，散落在天涯了。

大家都这么说，只有小孩子才问“你为什么不理我”，成年人都是彼此默契地相互疏远。可到底，我们是什么时候走到这一步的呢？虽然我们不一定愿意承认，也许是地域之间的隔断，也许是彼此前进步伐的不同，也许是大家的交际圈并无重合……就是这些一点一滴的细节，却产生了你我之间的巨大鸿沟。

我们可能也尝试过，尝试在我们之间再拉一条连接线，可是这条线又长又细，太脆弱了，任何阻碍都能将它割断。你一定这样想过，等忙完了最近手头的工作再和他联系；等你放假了有时间了再去他的城市见他；等有机会了再和他说说你最近的恋情。等呀等，等呀等，终于等到了你们渐行渐远，曾经的好朋友有了新的好朋友，曾经重要的事情也变得没有那么重要。

你也终于明白，有些事情，不是你努力了就可以的。这世界有时太过复杂，与我们当年看过的纯洁无瑕的星空大有不同。很多关系甚至在无声无息之间就分崩离析，我们只能在不经意地想起时，化成一生叹息，可那些他曾给过你的、别人无法替代的陪伴，是可以让你记住一辈子的，这未尝不是最好的告别。

我知道如今我们各有际遇，各有路走，可当年那些通宵促膝长谈的日子，我真的痛快过，不知你有没有。

女生要不要主动去追男生

喜欢就像乘法一样，对方是零的时候，不管你对他的爱有多少，最后相乘的结果依然会是零。

吃饭的时候听到一朋友问的，一个男性朋友：“女生该不该主动追男生？”他想了很久说：“不该。”对于一向站女生的我来说，不同意他的看法，刚想反驳一通时，他转头对那个朋友说，追求这件事情原本应该男生来做的，男生的选择可以不那么慎重，喜欢就去追，即使失败了也没什么大不了，但是换成女生意义就大不相同了。

还没等我和朋友插话，他就接着分析：“如果一个女生没把握能追得到男生，就一味地冲上去，即使未来他们在一起了，那她在他面前也会处于下风；如果女生有把握，也能感觉到对方喜欢自己，那就更不应该去追。既然双方互相喜欢，男生就不应该被动地等女生来追，他没有主动追女孩，只能说他的这种喜欢还是不够分量的。”

听完他的这些话，我和朋友也不知道该不该反驳了。这里重申一下，我的这位男性朋友想表达的意思并不是女生该不该追男生或者女生可不可以追男生，而是女生适不适合追男生的问题。女生追到男生后被对方看轻的事例太多，就不列举出来了。

有一句话是这样说的：“哪怕你在人群中对他微笑一下，他都可能把这看作是你对他的好感。如果他也对你有好感，他就会主动来接触你。”

有人会说，同样是追求，即使女生失败了能有多大的事？男生不也是经常追不到喜欢的姑娘吗？其实不是的，女生主动追求一个男生不仅仅是觉得看对眼了，她们通常都会经历很长的一段暗恋时期，当内心的喜欢满满溢出来的时候，才会控制不住自己主动去追求。

想起上学那会儿，每个女生都有自己的小圈子，如果其中有人有了喜欢的男生，其他几个小姐妹就会鼓励她去勇敢地追求。可是回过头想想，女生如果只有一点点喜欢一个人，她又怎会屁颠屁颠地跑去追男生呢。

女生不像男生，追不到喜欢的人，挠挠头说一句：“这个不行就转身追别人了。”身边好哥们调侃几句就能过去了。女生在追一个人的时候，会将自己全部的身心投入，她们把自己的自尊都放下了，所以失败的代价也很高。只有赢了的女生才有资格说“女追男隔层纱”，所以女生不是不能主动追男生，而是不适合主动追男生。

那个微信双开的男孩后来怎么样了

我也是才知道微信更新了一个新功能，只需要在设置里点一下，就可以直接切换到另一个账号。

这个事情是朋友告诉我的，她说这些话的时候哭得稀里哗啦：“前几天我和他吃晚饭的时候，我看他偷偷玩手机，不知道和谁聊得火热，但是当我看他手机屏幕的时候，聊天框里却什么人都没有。”隔了一会儿，朋友说她看到男朋友匆匆忙忙滑动屏幕，才发现原来他在切换账号。

那一刻她才知道，原来对方准备了两个微信号，用不同的微信号撩不同的人，而且就在她的面前，这可以说是非常讽刺了，这一次她终于失望了。

总有那么一些人，口里说着只爱你一个人，私底下却四处留情，然后等到他有了更好的目标之后，又悄无声息地离开你，独留你一人守着这份回忆在原地苦苦徘徊，让你再也没有勇气去好好爱别的人。

我一直都很讨厌暧昧，它是甜蜜的陷阱、是解闷的调味品、是一场谁先动心谁就输了的游戏，你当初抱有的希望多大，后来的失望就会有多大。也许深情的人从来都是用来被辜负的，只有薄情的人才会被人反复思念。

估计每个女孩子都很嫌弃那些微信双开、四处开撩的人吧，我想微信设置这个功能的初衷，应该是为了让很多人将生活和工作区分开来，让人的生活变得更加方便吧，但一些男生却在这个功能上找到了新的用途。

我觉得真的没必要，不论是用两部手机、还是用两个微信号，这样的行为看起来都很无趣又难看。喜欢一个人，就好好地和她谈一场恋爱，如果双方都在偷偷滥用这个功能的话，那彼此还是分开吧，没必要整得那么复杂。

那些不会查看你另一个手机的姑娘，也不会介意你是不是微信双开，那些不会要你的位置共享、要你时刻发语音的姑娘，也不会怀疑你有没有微信双开，因为在她的眼里，你足够爱她、足够尊重她、也足够让她毫无保留地相信你。

这是男生应该给女生的安全感，就像那句话说的：有人相信一辈子的约定，有人相信一瞬间的勇气，而她选择了毫无保留地相信你，所以我希望男生能好好爱女生，不要让女生感到失望。

对你温柔的男生，怎么舍得让你受委屈

和温柔的人谈恋爱真的太舒服了，为什么要和温柔的男生谈恋爱？很简单，因为温柔的男生像是清风，他会用最轻的力气、最甜的方式与你相处，他不会舍得让你受委屈，你会感觉自己被整个世界温柔相待。他像是寒冷季节里的一床被子，又像是冬日里的温泉，他会让你感到满满的安全感，只要和他待在一起，看一看他的眼睛，你很快就浑身充满了力气。

有人说：温柔是一种特别的内在力量，能驱散不安的情绪、能复苏枯萎的爱情。

和温柔的男生谈恋爱，你会感觉自己就是一只被宠爱的猫咪，他说话很轻，很有礼貌，对你就像对待一个瓷器般温柔体贴。他不是故意讨好你，也不是为了做做样子让你开心，他是真的用生命在温柔地对待你，他的温柔能够让你收起不安，回归平静。温柔的男生都带着一种让人无法抗拒的魅力，

他对全世界都温柔，对你最温柔。

我有个朋友，脾气出了名的暴躁，玩游戏的途中会突然暴跳如雷，甚至有时候会毫无理由就突然变得很情绪化。直到后来遇见了一个很温柔的男生，她简直像变了一个人似的，整个人也变得轻声细语了起来。我问她为什么会有这么大的变化，她说因为男朋友，每次想和那个男生拌嘴，男生就只知道冲着她笑，然后摸摸她脑袋，无论她有多少气都消了，所以她的脾气也逐渐变好了。

是这样的，遇见了一个温柔的人，你自己都会不自觉地善待周围的一切。你会感觉到柔软的力量，也会慢慢地喜欢这种平静的感觉，而且你也会被那个温柔的人照顾得很好，就像是睡在一床刚刚被太阳晒过的被子里，太舒服了。

这世界让人怄气的事情已经太多了，让人感到寒心的人也太多了，难得有一个人愿意轻声细语地对待你、包容你，问你开不开心，今天过得好不好，所以就请你珍惜这样的人吧。假如你难过，他会陪你难过，你要是还不好，他也会一直待在你身边直到你不再难过。和一个温柔的男生谈恋爱，真的是一件很幸运很幸运的事情。

你要相信，总有一天你会遇到那么一个人，他待你温柔，他理解你的脆弱，他会成为你的铠甲，你们会一直幸福下去。

一个人，也可以活得精彩

朋友一个接一个地问：“你怎么不找男朋友啊？”七大姑八大姨马不停蹄地催：“你怎么还谈不着恋爱啊？”全世界都在说，爱情真美好啊。

其实你喜欢过很多人，也跟很多人微妙地擦肩而过，不是没有人追求，喜欢自己的人也坚持过很久。你是不是也在问自己：“我为什么到现在还是独自一个人呢？”

有人给孤独分过级，最低一级是一个人逛超市，最高一级是一个人做手术。

从一看到十，你是不是也吓一跳，好像百分之七八十都是你本人。

“你看那个人，好像一条狗哦。”

我也真的一个人去吃过海底捞，对着对面位置上服务员贴心放置的玩偶熊，忍不住哭出声，一边吃着肥牛卷一边稀里哗啦地哭，谁知道酱料里有没有混着我的鼻涕眼泪，总之那顿饭难吃极了。

崩溃之下我想，要不要将就一下谈个恋爱试一试呢，或者谁都可以，只不过一段感情而已。

可我在独自回去的路上，感受到路过的风，感受到凉爽，感受到路灯的光的温柔，感受到一切事物的陪伴的时候，我把理智拉了回来。

我不要。

无论多么难过我也不要失掉信心，带着我盲目又愚蠢的执着，带着它们往前走，路过所有与我原则相悖的成人感情世界的法则。我拒绝低头，我拒绝臣服，我一个人，也可以活得精彩。

请多和我说说废话吧

“喂。”

“嗯。”

“喂。”

“哦。”

“喂。”

“嗯哼。”

“收到请哔一声。”

“哔。”

我和SHOMA每个晚上都会聊到深夜，没有具体的聊天的主题，偶尔不聊天对望着，也不会感到尴尬不安，有时候像两个外星人用电波对话一样。

对，我们每个晚上都在说废话。

-猪洁，和我聊天你会觉得很无聊吗？

-给个眼神你自己体会吧。

-哈哈哈哈哈哈，好吧 我以后就要烦着你。

我是个聊天的时候很喜欢用表情包的人，一句话带一个表情包。如果没有表情包 我感觉表达不出我想要的意思，但有的人聊天真的不怎么用表情包。

我认识SHOMA的时候，他也是这样，一点儿都不喜欢用表情。

有一天，我心情很糟糕，无端地和他发脾气，他反而主动发表情包来讨我欢喜。

SHOMA这个朋友真的很可爱。

我记得在高中的时候和好朋友闹脾气，我用表情包挽留他，他却把我删掉了。

这年头，能找个聊得来的人太难了。

坐在办公室里好无聊，超级无聊。

点开SHOMA的聊天框，想告诉他我有多无聊，想把无聊分享给他：“你看我把无聊给你了，你帮我保存起来哦，记得不用还给我了。哈哈哈！”

不知道为什么，和他说完，我就会莫名的开心起来。

想起之前在网上看到一段话：有一天我吃完泡面，发现洗洁精用光了，随手用剃须泡洗碗时，会觉得要是有一个女朋友就好了。并不是因为有了女朋友就不会吃泡面，也不是因为有了女朋友就会有人帮我洗碗，是我想在洗完碗转身回去时，会有个人在那里，等着我一脸神秘地说：“嘿！你猜我刚刚用什么洗的碗？”

我想感叹的是，能有个说鸡毛蒜皮的小事儿、和你瞎聊的人，真好啊！

你厕所纸巾用的是什么牌子，也想告诉他。

你长了多少颗痘痘，也想数给他听。

你经过广场看到阿姨们在跳广场舞，也想分享给他。

你吃饱了打嗝，也会想起告诉他。

……

真的好无聊，但也好有趣哦。

拜托了，请和我琐碎地唠叨唠叨吧。

人生不就因为这些无关紧要的事才可爱吗？

这才是爱情最好的模样

大概每个女孩都想被宠成小公主，然后谈那种幸福满满、带着甜味的恋爱吧。毕竟，被人疼爱着的感觉真是太美好了。

记得我与一个处在恋爱中的朋友聊天，我说你现在每天都很开心的样子啊，真是令人羡慕。她哈哈哈地笑起来："对啊，我也超享受这种感觉的。"

"哪种感觉？"

"就是这种被人爱着，自己像个猫咪的感觉。"

说话间，她男友又发消息过来了，她看了之后满眼笑意，回复的时候恨不得把脸贴屏幕上。听她说，她男朋友每天都会准时接送她上下班、会帮她把洗澡后湿漉漉的头发擦干、会给看剧的她嘴里塞一个新鲜的草莓、会扭着身子给她拍很多很多好看的照片，他还会给她泡红糖水、给她一本正经地说冷笑话……

我问朋友："他说的冷笑话好笑吗？"

朋友回答道："不好笑啊，不过只要是他讲的，我都会笑。"

我当然理解啊，那些真心喜爱着彼此的恋人，只要看对方一眼，就会藏不住自己的笑。我很替她开心，因为我的这位朋友很懒，现在她终于可以心安理得地化成一摊"软泥"躺在爱人的肩上了。

和宠爱你的人在一起真的太甜了，与对方相处的时候，你会感觉自己无时无刻不在被包容着。你可以毫无保留地展示真实的自己，也可以在脆弱的时候像个孩子一般，寻求他的拥抱与吻。

宠爱一个人的方式有很多种，比如，他愿意花时间陪你，愿意花心思让你开心、愿意给你剥虾、给你洗头发、给你拎包、给你说一辈子的情话……所有的所有，他都愿意。说起原因，就是因为他爱你。

你发的信息，他总是秒回；微博里只置顶你一个人的信息；手机壁纸也是你的照片；过马路的时候，他不会自顾自地往前走，而是牵住你的手一起走；你们闹矛盾时，他会一把搂住你，跟你说他错了；和朋友聚会时，他总是搂着你的腰，恨不得告诉全世界你们在一起了。

他不会因为一些小事和你吵到不可开交，他理解你的感受，也愿意陪你一起难过。他懂得尊重你、迁就你、陪伴你，给你极强的安全感，不让你患得患失，他会让你知道他越来越爱你。他爱你的所有，也愿意把他的一切都交付给你。他会变成你的铠甲守护你，让你安心入睡，让你对余生充满期待。

想起之前，有个朋友问我最好的爱情是怎样的，我说我希望每个女孩子能遇到那个给她温暖、把她宠成小女孩的人。愿他温热又可爱，像是刚刚晒过太阳的被子，你可以像猫咪一般依偎着他；愿他与你共度余生、为你倾尽所有、把你看得比自己还重要；愿他只想惯着你、宠着你。愿他宠你如初，愿你爱他到老。

你在闹，他在笑；你脾气不好，他哄哄就好。这大概就是爱情最好的样子。

CHAPTER 6

我与世界只差一个你

我们都在等一个和自己相契合的灵魂

很早以前，我看过一部电影，里面有句话是这样说的：请记得那些对你好的人，因为他本可以不这样。

真的是这样，现实中的我们都很忙，谁有空一天24小时看着手机，只为了回你消息呢？谁又有空在特别冷的天里，在你的楼下等你一起去逛街、看电影、吃饭呢？谁有那么多钱愿意给你买礼物、愿意带你去吃好吃的呢？他之所以愿意为你做那么多，只是因为他喜欢你。

当你真正爱一个人的时候，你会情不自禁地为他做很多事情，只是为了让他开心，所以，你一定要好好珍惜那个把你宠上天的人。

王小波说过一句很甜的话：你想知道我对你的爱情是什么吗？就是从心底里喜欢你，觉得你的一举一动都很亲切，不高兴你比喜欢我更喜欢别人。你要是喜欢别人我会哭，但是还是喜欢你。

当一个人喜欢你时，他愿意把最好的都给你；他看到的好东西，都想买下送给你；他刚学会做的美食，想要做给你尝，他整个脑子里想的都是你。他会对你说情话，陪你压马路，带你玩遍所有的游乐园；他陪你看雪、泡温泉，陪你游泳、晒太阳；他陪你看书、听歌，旅行、流浪。

我以前就说过，女孩子都是越宠越好的。因为当一个女孩决定跟一个人在一起的时候，也就是说她放弃了遇见其他人、和其他人在一起的可能。她往后的拥抱、亲吻、有早安晚安以及日复一日的陪伴，都只给她认定的那个人了。无论他是光芒万丈、特别优秀的人，还是普通到不能再普通的人，她都决定把自己完全交付给他。

你在最美好的年纪选择了他，他当然就应该对你好呀，作为回报，你一定也要给他最好的亲吻和拥抱。他做饭你记得帮忙，他买回来绿植你记得浇水，他说“你愿意吗”的时候，你记得说“那当然”。

总之啊，你要相信，在未来的漫长岁月里，你一定会遇到那个对你好得没话说的人，他像冬天的暖气一样暖，也像小猫一样温顺可爱；他愿意与你共度余生，为你倾尽所有；他能替你挡子弹，也会为你做早餐。就像王小波说的那样：“你啊，是非常可爱的人。”希望所有的人都能遇到最好的人。

谈一场每天清零的恋爱

很多分手的恋人，开始时干柴烈火，往往谈到后来，感情自然而然就淡下去了。不需要其他人的介入，只是单纯地觉得没有刚认识那会儿的感觉了。

刚开始认识的那会儿，我们总感觉什么都能聊下去，看对方哪哪都顺眼。那时候我们满心欢喜，对对方充满好奇心，想要了解对方是个怎样的人，我们可以从早上聊到晚上，交换所有的表情包，语音电话说到手机没电。那时的我们始终无法克制自己对对方的爱，即使对方只是为自己做了一件很小的事情，自己也会为此感动不已。

到后来，慢慢地喜欢了、在一起了，再一点点的往后，就感觉新鲜感好像透支了。从“很喜欢你”到“好的、晚安”，从“时时刻刻想跟你说话”到“觉得你很烦”，好像只相隔了几个月的时间。

金城武在《重庆森林》里说："秋刀鱼会过期，肉罐头会过期，连保鲜纸都会过期，我开始怀疑，在这个世界上，还有什么东西是不会过期的？"如果可以的话，真的想谈一场每天清零的恋爱。

以前看一部电影：妻子失忆了，每天都会忘记前一天发生的事情，早上都会对丈夫说同样的话。我觉得，有时候把前一天爱情的美妙与陪伴都忘记了是很遗憾，但到了第二天，他们还是能像第一次约会时那么相爱。

其实这样也挺好的，所以真的想要一段能够一边恋爱一边清零的感情。我会珍惜和你在一起的每一天，你也会在意我对你说的每一句我想你了。真的希望每天都能和你再相爱一遍，每天都是新的一天，这样就好了。

珍惜和你的每一次约会，我们在一起的每一个瞬间都独一无二，你的每一个眼神都会让我心动。我们的爱像沙漏那样，周而复始，每天重新来过，永远不会停止。虽然说得很简单，但"重新开始"这四个字却是那么难实现，很多人试了一万种方法也没法回到最开始的状态。

恋情刚开始的时候那种对对方不够了解、充满好奇，蒙着眼睛互相摸索的心情，真的太美好了。但后来这些还是改变了，爱会无限增加，也会无限递减，有些感情走到后来就彻底淡了。真的让人难过，所以要是爱情能每天清零就好了，每一天都能见到一个全新的你，爱上一个心动的你，可惜一切都不能清零。

即使身处逆境，也要心向阳光

记得有一段时间，有个朋友说她失恋了。他们是在一起很久的那种，见完家长都要领证了，然后她发现男孩子在微信里和其他女孩搞暧昧，于是朋友果断地分手了。

那几周，我再没听过她的消息，直到后来见她，她瘦了一圈，但是状态总的来说不错。我问："你肯定心里很苦，但没见你提起过。"她回我："有什么好提起的呢？"很多事，对自己是事情，对别人来说只是故事。

在这座城市，每个季节，每条街道，每个人每天都在发生或喜或忧的事情。人生无常，岁月长短哪会像喜剧里面演的那么浪漫。其实，让你从一个孩子走向成熟的时刻，不是在学校逍遥的时候，也不是男欢女爱的时候，而是你人生中最痛苦孤独的那几年。

这段时间，你孤立无援，前途一片渺茫。可是，这几年也是一生中独一无二的日子，让你逐渐学会独处，学会隐忍，学会独立思考，学会了适应一个人的寂寞。说到底，二十多岁的年纪，一切美好的事情都有可能会发生，一切糟糕的事情也都可能会发生。

这个世界上，真的有很多人活得很不容易，然而我们终归还是要靠自己。生活的艰辛和不幸总是接二连三地打击着你，慢慢地你会领悟到，谁都无法理解你，包括你的亲人，在这个世界上，从来就没有感同身受这回事。

你觉得自己心都碎了，其实别人一点儿都体会不到，他们看你表情阴郁，会给你投来同情的目光，但是他们依然要过自己的生活，所以，别把希望寄托在别人身上，别要求别人懂你的感受，即使你叫得再大声也是白费功夫。

人世间，各人有各人的苦恼，有些事情只有自己能理解，不要指望别人能理解你。有些话不适合说给任何人听，只适合烂在心里。

我们都只是普通人，我们多半都要面对学业的压力、工作的失意、生活的窘迫……

没有人在乎你为什么要在深夜痛哭，没有人在乎你辗转反侧地要熬几个春秋。生活就是这样啊，充满酸甜苦辣，让人百感交集，所以即使你身处逆境也一定要扛住啊，因为很多很美好的事情还在等你，那个对的人也在不远的地方等着你。

你要相信你会变成你最喜欢的模样，嫁给你喜欢的人，住进你喜欢的房子。

谢谢你曾经喜欢我

之前看过一部电视剧，我对剧里女主对男主说的一句情话非常有认同感：可爱是最高级的形容词，如果认为对方很帅，当看到对方不好的地方时，幻想就会破灭，但如果认为对方很可爱，无论对方做什么，你都会觉得好可爱，都会被他的可爱俘虏得五体投地。

老林喜欢过一个比她小好几岁的男孩，我只见过一面，老林不常带他出来见我们这些老朋友，说怕我们吓着他，我笑她还有这么护犊子的时候呢。

男孩不是我们以为的那种清爽开朗的少年模样，就是憨憨的，笑起来特别傻，但是肩膀特别宽厚，看起来是能把老林完完全全罩在怀里的靠谱样子。

老林跟我炫耀："你知道他多可爱吗？有一年冬天，他刚脱完衣服准备洗澡的时候，我正好给他发了条微信，他就一直光着跟我聊，过了二十分钟他才觉出来冷。”

我配合地发出感叹：“你男朋友真是好可爱！”其实我当然知道，这一切都是因为喜欢呀，你是我重要的人，即使我正在洗澡也要立刻回复你信息，也因为喜欢你，即使你蠢得不像样子我也欣然接受。

我们大多都长成了得体礼貌的成年人，大家都很忙，没有人很闲，谁的一天不是24小时，但我们愿意将时间浪费在重要的人身上，因为你，其他的事就变得无关紧要。我们只要聊着天，就能感受彼此的爱意，好像我已经拥抱了你，你亲吻了我一样。

但老林后来还是跟那个男孩分手了，分手原因，大抵还是两个人能达成共识的地方太少，老林觉得男孩有时太幼稚，大家想问题的角度都不一样，常常一言不合就吵架，男孩很会哄人，老林心一软不管不顾又扑了上去，但是循环往复，吵着吵着就累了。

老林对男孩说：“我不能耽误你，你还是去找个年轻漂亮的小姑娘谈恋爱吧，你别耗在我这了。”这话其实有一点伤人，但这确实是老林的心里话。

过了一段时间，老林在一个忙得要崩溃的晚上找我出来喝酒，她醉意微醺地对我说：“真是奇怪，居然就再没碰到过一个可以秒回我消息的人了。”她接着说，“你知道吗？我们还在一起的时候，他经常问我是不是嫌他烦、嫌他太腻太缠着我，我说才没有，你可爱死了。”

“真的，他特别可爱，有一次他发烧，我要去给他买药，他说不行，要我陪他，我说买完就回来，他说不行不行，然后就拉着我的手怎么也不让我走，脸都烧红了还一直喊我名字，我当时就想啊，这会不会喜欢我喜欢得想跟我结婚了。”

没等她说完我就打断了她，我说她既然知道男生的好为什么不好好珍惜。老林不说话了，我说她别太贪心了，哪里有成熟不黏人，还喜欢她喜欢得不要命的人呢。老林顿了一会儿说：“我就是突然觉得难过。”

人有时候就是很奇怪，总是在放弃后才懂得珍惜，最后只能在自己的内心说一句：“很难过我辜负了你的喜欢，也谢谢曾经那么可爱还那么喜欢我的你。”

愿你和深爱的人都有结果

其实啊，我想谈恋爱了，想谈一场很久很久的恋爱。

一个人很久之后，越来越感觉，喜欢上别人这件事，真的要下定很大的决心。我不想再遇上昨天还说很想我，今天就跟我说想分开的人了。速食爱情真的没有意义，找人牵手很容易，要在一起很多年却很难。

我很久都没有谈恋爱了，不是因为没有遇到心动的男孩子，只是想起之前谈过的一段恋爱，真的太难过了。从喜欢，到分开，到绝望，那段日子就像针扎一般疼痛不已。我已经再也不想度过这样一段日子了，我只想找个喜欢的人，能够一直喜欢下去。没有那些互相猜疑，也没有那些磨合阵痛，我们能够好好地相处，保持新鲜感的喜欢，能够每天都像第一次相爱那样。

有时候，看到身边朋友从高中谈恋爱一直到步入婚姻的殿堂，觉得不可思议，那该是有多喜欢啊，我要什么时候才能遇到这样一个人，看不腻，也爱不腻。我真的不想再谈一场毫无意义的恋爱了，我想遇见对的人，和对的人谈一场长长久久的恋爱。

我在的城市降温的时候，身上穿的衣服也增加了，突然就觉得，嗯，这个季节应该谈场恋爱了。大概少女心这种东西就是这样，即使你看起来再坚强，可能也会在某个瞬间，心突然就柔软起来。

你想要谈恋爱的瞬间，不是看着邻桌的情侣依偎、而你独自吃饭的时刻，不是看电影时发现别人出双入对、而只有你是自己一个人的时候，不是参加别人婚礼的时候，也不是感冒生病没人照顾的时候，而是在这样一个有点小冷的日子，窝在沙发上听着温柔的音乐的时候，这时候你突然觉得世界真是太美好了，真的好想找个人聊聊天，所以谈恋爱这种事，真的是自然而然发生的啊。

过去，我以为自己一个人也可以，现在，我越来越渴望像小孩子一样，去谈一场让人心动又心定的恋爱。两个人没事就吐槽对方胖了，电话打起来没完没了，一起好好工作，也一起玩游戏，会两个人看攻略做减肥餐，也会靠在一起看剧吃高热量食物。我可以在冷的时候牵他的手，毫无顾忌地和他撒娇。我很想很想身边有这样一个人，一看到这个人啊，就觉得这个世界太美好了。真的不单单是想谈一场恋爱呀，我想谈的是那种，很久很久都不分手的恋爱。最后，也愿你和深爱的人都有结果。

没什么不解风情的直男，只要用心就是足够喜欢

知乎上有人提问：女孩子究竟喜欢什么样的男生？有一个得到最多赞的回答是这样写的：喜欢对她好的。

有一次，一个没聊过几句话的姑娘突然在微信上找我聊天，她说她想要结束一段感情了。她爱过一个对她特别好的人，男生追她的时候，晚上聊天时听说她想吃小龙虾，就一个人在冷风中跑了大半个小城，买来送到她家楼下。

当初男生追她的时候对她是真的很好，时间一久，姑娘感到了被珍惜和被爱的感觉，于是，她奋不顾身投进他的怀抱，给他做饭、帮他打扫房间，用自己的方式回报他的爱。但姑娘没想到，男生给她的爱情是那样短暂。

在一起之后，男生已经很久没逗她笑过了。她偶尔闹闹小情绪，男生还嫌她无理取闹。姑娘说，觉得自己好像被骗了，男生根本没有之前追她时那

样爱她，他虽然没有背叛她，但他爱不爱她，她就是能感觉到。因为女孩子都是敏感的，她能因为你对她好而接受你的爱，也能因为你不对她好而放弃这段感情。

作家匪匪写过一句话：我一生渴望被人收藏好，妥善安放，细心保存。免我惊，免我苦，免我四下流离，免我无枝可依。每个女孩都渴望遇到对的人，逗她笑、陪她闹，在朝朝暮暮的相处中对她好。

如果男生让一个女生感到了爱情的甜蜜，她会无时无刻像个孩子一样开心。她会变成小王子的那朵玫瑰花，会肆无忌惮地在你面前撒娇放纵。她需要你惯着她、宠着她，花时间逗她开心。因为女孩子都是需要爱的，谁也不愿意投身一段感觉不到爱情的关系中，但她不会一味地要求你的付出，她也会用她的方式对你好，用她的力量期待和你的未来，而她只要你能爱她。

如果你真的喜欢一个女生，那就好好对她吧。你爱不爱她，她感觉得到；如果女生感觉到有人对你好时，你也要懂得对别人好，因为在这个世界上，没有谁天生有义务要对你好。谁都不愿去委屈自己，女生等待着的，就是那个能一辈子对自己好的人。有句老话说得好：你爱的、你想的、你牵挂的，最终都会输给对你好的，对你足够用新的。

我单身，但我不想将就

我在网上看到一句话说："生命如果不能浪费在我所喜欢的人身上，那我宁愿把生命浪费在自己身上。"可是现在看来，有太多的人，会因为某些事、某些人选择去将就了。

很多时候，我们都会因为害怕落单所以去将就，因为害怕现实所以去将就，因为寂寞所以去将就，因为父母的催促所以选择将就，为凑合而将就，又因将就而凑合。

生活已经在将就了，我们却把爱情也将就了，那还剩什么，我们都不愿意为了自己去走个心，可将就久了，就再也不愿意去将就了。

我们不是因为喜欢自由去单身，而是因为比起单身，我更不愿将就罢了。以前，我总想着等谈恋爱了，两个人遛狗养猫，好好地逛街、看电影、去旅行；等有了房子，就好好收纳整理，创造一个温馨的家。等有了很多钱，就去旅游，吃吃喝喝玩乐；等老了，就画画、养花、慢慢散步。

后来，我开始努力工作，自己养狗养猫，晚上抱猫遛狗，周末收拾收拾家里，然后出门逛街看场自己喜欢的电影。

其实一个人，也可以过得很好，自己想要什么比谁都清楚，既然一个人也可以过得很好，所以，我不愿意委屈自己去将就。我想，在未来遇见喜欢的人时告诉他，我和他在一起不是将就。

面对一个喜欢的人，我可以买菜、炒菜、刷锅洗碗，还乐此不疲，而他只需要在我挥动铲子的时候，在我后面抱我一下就够了。

而面对一个将就的人，可能他做完菜摆在我面前，我还会觉得菜太少、汤太烫、饭太多，这就是我不想将就的原因。

我记得好多年前，我对朋友说过一句话："恋爱谈多了会把人性谈没的。"恋爱谈多了就开始走形式，这样的形式走多了，可不就麻木了，不再像以前那般充满期待憧憬，久而久之，大部分的人选择去将就、去凑合。生活在凑合，喜欢的人在凑合，婚姻也在凑合，什么都在凑合，我们都活在凑合里。

我早上醒来，睁眼看到的应该是喜欢的人，而不是凑合的人；早餐是要和喜欢的人，而不是和将就的人一起分享的；晚上应该和喜欢的人，而不是和将就的人窝在沙发里看剧的。

我想要幸福的生活，为了等你，我推掉了所有将就。

原来你就是我最想要的幸运

每次大麻烦小麻烦一起找上我、倒霉得喝凉水都塞牙缝的时候，我都想找老林，倒不是因为老林会帮我解决问题，她甚至连安慰人都不会，她只会白我一眼，还嘲笑我。

但最多的情况是，她就看着我跟我说“哭吧”，然后我就真的痛痛快快、酣畅淋漓地赖在她怀里哭一场。哭完了我就起身，偷偷把眼泪鼻涕抹在她衣服上，然后冲她摆摆手，假装坚强地说：“行了，我没事了，你滚吧。”老林就会冷笑着乖乖走了。

老林知道我是个又倔又不讲理，什么事都藏在自己心里的人，她当然也知道，是生活把我们整得没脾气，整得没办法认服输，我们除了一件一件解决它、打败它，难道还有更好的办法吗？我们甚至都没办法让它消失，而唯一能得到安慰的是，这个时候我们还能被人温柔对待。

曾经有个男孩子，他会在我遇到麻烦事的时候温柔地跟我说："没事，哭吧，哭出来就好了。"

然后借我他的肩膀，我就好像获得了一些些勇气，就算只有一点点都能让人再哭一场。

很多时候我都觉得，就算没有看到一件事情的阴暗面，光是那些让人感到沮丧、负能量、不够体面的时刻，就足够使人失去拥抱的欲望。若是这个时候，依然有人推开全世界，单单站在你面前跟你说："想哭就哭吧！"然后你就能号啕大哭，眼泪止不住地流，这真的是最浪漫的一件事了。

没有陪伴的感情都是虚的，成年人要的是真实可触的伴侣。

如果他是真的在意你，你生病的时候他应该抱起你就去医院，而不是发短信让你多喝热水。你想看夜景的时候，他应该拉起你的手就走，而不是敷衍地说："好，改天带你去看。"

你无助的时候他应该出现在你面前给你拥抱，而不是让你早点睡觉，别想太多。

所有的所有，你要的都是真真实实的，而不是所谓承诺和明天，因为你已经过了耳听爱情的年纪。

我们要的是实打实的陪伴，如果我累的时候，他不愿意给我拥抱；如果在下雨天的时候，他不愿意来接我回家；如果在我需要他的时候，他总是推脱和拒绝，那我还是放弃等待吧。

他一直在我的世界里缺席，说了再多的空话又有什么意义呢？只会徒增我的难过与失望。希望我们都能碰到这样对你说的人：“我知道你很坚强呀，但是我也明白你的全部脆弱，我还愿意帮你遮住别人的眼光，揽下你的难过。随意哭吧，哭一场什么都不能解决，但是你知道了，无论如何都有我在呀。”

对方正在输入中……

S告诉我，她跟她的男朋友分手了。我有些不解，我问她："你们不是挺甜蜜的吗？"她很无奈地摇摇头："其实啊，我已经很久没见到他了。"

她说她男友总是说自己很忙很忙，今天忙，明天忙，未来的一周一个月都会忙。S说对方之前不是这样的，在双方确立关系之前，对方每天都缠着她语音聊天，一直聊到她手机没电还舍不得挂断，就连"拜拜"都要反复说四五次。

那时候，那个男孩每时每刻都有空，几乎恨不得一天都和S腻在一起。他也会挖空心思地给她惊喜，带她去做有趣的事情，周一放风筝，周二逛商场，周三一起下厨做好吃的，周四开车去兜风……

S说她挺怀念他们最初的感觉的，两个人好像有一生的时间可以浪费。可到了后来，男友就彻底变了，她过上了比单身时还孤苦的生活。

他们每天除了互道早安、晚安就没有了其他的话题，有时候聊了两三句话，对方就没影了。于是S干坐着等了大半天，却迟迟等不来他的回复，S有时候在夜里难过，想打电话给男友，想了想还是算了，反正对方也只会说一句“别瞎想了，睡吧，晚安”。

“所以这样的恋爱，我要它干吗？”S愤愤地说，眼里满是委屈。对啊，如果一个男生连和你交谈的时间都不愿意给你，他用各种理由躲起来，让你找不到他，那你还奢望他能给你什么更大的幸福呢？对你而言，他只是一个空有着男朋友名义的躯壳吧。

你有没有等过一个人的消息，从白天到深夜你一直在反复刷新手机微信，只为了看到他发你一条消息，可他没有。你有很多次都告诉自己别喜欢他了，多累啊。你取消掉了他的微信聊天置顶，也把他的微信备注改成了你讨厌的东西，你希望这样能够弱化自己对他的想念。

你暗示自己别再看他的聊天对话框，可你一整天都在心不在焉的等待中度过。你假装自己不会在意，可你收到他的消息之后恨不得反复读好几遍。其实你知道你输了，你一想起那个人，看到他的头像、听到他的声音，你就像是失重了一般，你内心开始躁动，觉得自己快要坚持不下去了。

可一旦他告诉你，他刚才在忙，在加班、在吃饭，你就心甘情愿地选择原谅他，并比之前更加热烈地投入到与他的聊天之中。其实你都知道的，他哪里是什么太忙啊，喜欢你的人，巴不得24小时跟你说话，他所有的敷衍与不回复，都只是因为他不够喜欢你罢了。也可能不是不够，而是根本不喜欢。

很多时候你就希望假如当时你不要认识他就好了，这样你就不会时时刻刻等他的消息，期待和他聊天的对话框上显示“正在输入中……”了，你也不会因为他的一句话或者一个表情包，心情如潮起潮落一般，但也可能第二天早上，我醒来就不会喜欢你了。

我不需要无止境地等待，也不用想象你的每天在发生着什么事情，所以晚安，我想你了，这是我最后一次对你这样说了。

请以我的方式来爱我

在微博上看到这样一个故事："那年，手机银行还不流行，我发了条短信和他开了个玩笑，我说只要998元，就可以把我带回家。过了很久他都没回我，我以为他在忙，突然，手机短信传来提示，我的银行账户多了1000元，我一阵诧异，他的短信随之而来：'刚刚急着去银行了，现在跟我回家吧。'"我突然觉得很感动，总有一天，你会遇到以你的方式爱你的人。

大学的时候，我也总希望有个男生，可以以我喜欢的方式来爱我，我喜欢夜跑，他可以陪着我；我喜欢看恐怖片，他可以陪着我；我撒娇生气的时候不喜欢说话，他不会和我斗气不理我；我上课的时候，总是听不懂高数老师讲的微积分，他会做好工工整整的笔记给我。我是全世界人眼里又闹又不漂亮的女孩，在他眼里，却是最好最合适的姑娘。这样的期望一直伴随了我整个大学时光。

之前有个妹子在微信公众号后台和我这样说道：“男朋友是一个太理性的人，他总喜欢以他的方式来爱我，他觉得女孩一定要穿裙子才显得好看，所以每次送我的礼物都是裙子，他却不知道我一直梦想的是穿一条牛仔裤；我生病的时候，他会炖很腻很腻的乌鸡汤给我喝，可是我真的很讨厌那种味道，和他讲了无数遍，他却一副对你好，你却不领情的样子；还有，我很喜欢吃冰激凌，有些时候我就很想吃一支，他就无论怎么也不会给我买，他说会吃坏肚子的，可是我真的很想吃嘛。”

爱一个人，是没有公式的，他明知道你喜欢粉色的物件，偏给你买黑色的，当你拒绝他的好意，他却觉得你是不领情。有时候好意会让你喘不过气，错的不是彼此，只是相处方式不一致。

我真的希望有一个人，听见我想吃冰激凌后，就立马跑去给我买，然后对我笑着说：“喂，吃坏了肚子我可不负责哦。”然后我就很开心，也许我就不吃了，可是他从来都不会，只要他认为对的，他就从来不管我愿不愿意。

我和妹子说：“爱你的人会明白，你的任性、无理取闹只是想证明，自己在他心里的重要性。你希望他可以宠着你，哄着你，这样你才会觉得特别有安全感，爱你的人，永远不会觉得你无理取闹、招人讨厌，他所有对你的爱都会是你喜欢的方式。”

在女孩的世界里，爱情是不需要讲道理的。她希望你能以她喜欢的方式去爱她。

愿我好走，祝你保重

我一开始总是说，你根本不用喜欢我，你热爱你的，只要我喜欢你就好了。我不愿意让你为难，给你带来一点点痛苦都不行，你若是难过，我只会心疼。

温柔的夜晚，只是想起你，心就变得雀跃了起来，哪怕我会偶尔因为你失望，我也心甘情愿受你所困。喜欢你的这些时日啊，我一直赖着不走，心想着，反正人来人往，等很长时间过去以后，你总会看见我的。

我以为你总会看见我的，但是很长很长一段时间以后，我终于不得不承认，一切都是我的自欺欺人，你根本就不会喜欢我，这样的想法在我的脑海里一遍遍地绕，想要和你在一起这件事情，也变成了痴心妄想。

我也会经常想，在你身边的那个人，怎么就不能是我呢？我会因为一句“尚有笨人在等待你”的歌词哭得死去活来，反正眼泪不值钱，那么多年的青春都献给你好了，我也不在乎这点眼泪，但我双眼通红肿胀的样子，你一定不会觉得好看的，于是想到这里，眼泪竟止住了。

我给过自己太多心理暗示和借口，让自己多撑一会儿再等你看到我，但同时，我心里还有个小小的声音，一些无甚必要的自尊还在负隅顽抗，提醒我不能因为爱你就丢了我自己，喜欢上谁都不容易，喜欢上一个不喜欢自己的人更不容易。

毕竟我也承认，一味讨好你，我的嘴脸有时候我自己也觉得难看。我不知不觉变得自怨自艾、矫情敏感，我糟糕得不像以前那个自己。

既然努力了这么久，却依然是你身边的十八线女配角，那我真的有些坚持不下去了，不想再等你了，不如趁帘幕还未拉上，我先自己退场吧，免得最后谢幕了，我傻傻地站在边边角角上，演喜欢你的独角戏，还惹得自己难过，这样想想蛮蠢的。

在你人生这出剧里，我说不定连名字都没有留下，所以我决定不等你了，毕竟再等，也等不到你从人海中望见我，更别说还能拉住我了。以后你的人生，都与我无关。

如你所愿，我不会再缠着你了，往后余生，纵使通往你的路阳光明媚，我也不再轻易踏入一步，爱你这回事，说实在的我怕了，所以祝我好走，祝你保重。

其实，我心里住着一个爱撒娇的女孩

节假日朋友圈里的人都晒出了很聚会的图，唯独我在家很丧地躺在沙发上，刷微博刷到没东西看，于是切换到微信，点开微信却发现没人找我，真无聊。

是不是每个人都有节目就我没有，难道就我不受欢迎?

好像真的是，我真的是一个不会讨人喜欢的女孩子。真的想做一个讨人喜欢、粉粉的少女，在二十出头的年纪里谈一场恋爱，和对方说我喜欢你，把手给他牵，嘟嘟嘴就能亲亲的女孩子啊。

不讨人喜欢的女孩活着有点糟糕。

“你这么女汉子，应该不喜欢这些吧。”同事拿着几个玩偶对着我说。

其实……我喜欢，可是嘴皮超硬，于是说我不喜欢。

可是我怎么会不喜欢，我明明很喜欢，你怎么不假装硬塞给我呢?

心里明明住着一个爱撒娇的女孩，表面却那么要强，什么时候你才会软弱一下啊？明明耍耍嘴皮，撒撒娇就能有糖吃，明明说一句我想你了，就能谈恋爱……

可是呢，年纪不大却说不出矫情的话，我想你了，我爱你，这些话在嘴里一句都吐不出来，想想就想作呕。

如果什么时候，我会对那个人说出“我想你”这三个字，大概对他是真爱了。

我想有人约，做一个普通的女孩，谈一场甜甜的恋爱，能和你撒撒娇，像小猫一样在你的怀里蹭蹭，然后你摸着我的脸说：“你真可爱。”

想回家就有人和我说：“你回来啦，今天辛苦了。”

愿你卸下铠甲，累的时候能有个人依靠，说晚安的人就睡在你身边。

余生，和相处舒服的人在一起

和什么样的人谈恋爱能够谈很久？其实答案很简单，就是那种相处起来，让人感觉很舒服的人，和这样的人在一起，你不会觉得患得患失，不会觉得没有安全感。

我身边的一个朋友，人挺好看的，气质也不错，追求她的人其实很多，但是一直以来她都保持单身，既不答应别人的追求，也从不主动出击。我们都说她太挑了，她说没有，只是现在真的没有遇见喜欢的人。我很理解她的想法，谈恋爱这种事将就不来。

我原本以为她会就这样继续一个人下去，但她突然告诉我她恋爱了。我和他们吃了顿饭，发现男生不是我想象中的那种帅气的人，而是斯斯文文、有点儿普通的样子，但朋友却大方地拉着男生的手对我说："他就是我要找的人。"

朋友跟我说，感觉对了真的躲都躲不掉，你难得遇到这样一个和自己志趣相投的人，你随便说什么对方都理解，两个人有聊不完的话题。两个人对彼此保持好奇心，相看两不厌，即使只是坐着不说话，两个人也不会觉得尴尬。

想起川端康成写过的一段话：当我拥有你，无论是在百货公司买领带，还是在厨房收拾一尾鱼，我都觉得幸福。爱像一股暖流滋润着我。

爱情总是可以轻而易举地改变一个人，我的这个朋友在谈恋爱之后真的完全变了，过去很多时候她都是高冷地板着脸，现在她每天都是喜笑颜开的。

现在的她真的挺令人羡慕的：遇见了对的人，谈了场合适的恋爱，变得越来越像个孩子。想起木心的一句诗：哪有你，你这样好，哪有你这样你。

当你爱的是对的那个人，那他会明白你的所有情绪，然后给你心动以及心定的力量。在他身边，你可以像只猫咪般撒娇，你也可以在心情不好的时候狠狠欺负他。微博上看到一段话：越长大越觉得自己谁都不想再取悦了，跟谁在一起舒服就和谁在一起，包括朋友也是。累了我就躲你远一点儿，你喜欢我，我喜欢你，那么我们就在一起，如果不合适，也不要互相勉强。

我已经过了那个你不喜欢我、我也非要喜欢你的年纪，我现在想得更多的是，如果你喜欢我，那我也试着喜欢你。我始终觉得平时的生活已经很累了，所以还是和那个让我感觉舒服的人在一起吧。